KB215410

그는 오지 않았다

그는 오지 않았다

이경혜

그해 오월,

   푸르른 신록 속에 스러져 간 어린 넋들에게

차례

"인호야! 인호야!"

외삼촌이 뒤에서 쫓아오며 부르는 소리가 들렸지만 인호는 뒤도 돌아보지 않고 개천으로 달려갔다. 인호의 손에는 책가방이 들려 있었다. 오늘도 파출부 일을 나갔다가 허리를 다쳐 들어온 어머니를 보자 더 이상 참을 수가 없어 충동적으로 가방을 들고 달려 나온 것이다. 이깟 게 뭐라고, 어머니를 저 고생을 시킨단 말이냐. 인호의 가슴에서는 계속 그런 말들이 울려 퍼졌고, 눈에서는 쉼 없이 눈물이 흘러내렸다.

집 근처 개천에는 소나기 끝이라 평소와는 달리 시퍼런 물이 콸콸 흘렀다. 인호가 가방을 개천에 던지려고 막 들어 올린 순간, 숨 가쁘게 쫓아온 외삼촌이 인호를 붙잡았다.

"인호야, 이게 뭐 하는 짓이랑가? 어쩔라고 이런당가?"

외삼촌은 큰 소리로 인호를 나무랐다.

"냅둬요, 삼촌. 이깟 공부해서 뭐 할 건디요? 다 필요 없당께요! 다 필요 없다니까요! 이깟 거 한다고 엄니가 저 고생을 해쌓는디……."

인호는 말을 맺지 못하고 흐느꼈다.

"인호야, 니 마음이야 알고도 남제. 그려도 공부를 포기하믄 안 된다! 아무리 힘들어도 중학교는 졸업해야제! 으쩔라고 중학교를 댕기다 만다는 것이여? 인자 1년만 눈 딱 감고 댕기면 되는디! 딱 1년만 더, 암껏도 생각 말고 꾹 참고 다녀 보랑께, 이 삼촌의 부탁이여!"

외삼촌은 인호를 꼭 붙든 채 달래듯이 말했다.

"삼촌, 1년이 을매나 긴 시간인디요? 그새 엄니는 골병 드실 거여. 삼촌도 잘 알믄서 그런다요? 엄니 혼자 저러코롬 뼈 빠지게 고생허는디 나가 으떠케 학교를 맘 편히 다니겠소? 말리지 마시랑께요. 학교 그만두고 기술 배워 돈 벌 거니께. 난 정말 가난이 지긋지긋허요. 굶는 것도 하루 이틀이제, 입에 풀칠이라도 하는 사람이 공부할 자격도 있는 거여."

인호의 말에 외삼촌도 울먹이며 말했다.

"인호야, 삼촌이 힘이 없어 도와주질 못하니께 맴이 찢어진다. 그려도 으짜든지 해볼라니께 제발 생각 좀 바꿔 보그라."

그 순간, 철퍼덕, 물소리가 들렸다. 외삼촌이 울먹이느라 힘이 빠진 새 인호가 가방을 개천에 던져 버린 것이다.

외삼촌은 인호를 잡았던 손을 놓고 멍하니 하천 물에 흘러가는 가방을 내려다보았다.

인호가 말했다.

"다 끝났지라. 가방이 눈에 보이믄 맴이 약해질까 봐 무서웠시요. 인제 나가 맴을

바꿔도 소용 없제라. 우린 책도, 가방도
새로 살 돈이 없응께.”

　자개를 가는 그라인더 소리로 늘 시끄
러운 공장도 점심시간에는 잠시 조용했
다. 여남은 명의 직원들은 둘러앉아 점심
을 먹은 뒤에도 담배 피우러 나간 몇 사
람들을 빼곤 다들 그대로 앉아 커피를 타
마시며 이런저런 얘기들을 나누었다. 사
람들의 말소리와 웃음소리만이 잔물결처
럼 공장 안을 퍼져 나갔다.

　인호는 올해 열여덟, 공장에서 가장 어
린 나이라 아버지뻘인 어른들이 얘기하

는 자리에 끼어 있기가 거북해서 밥만 먹고 슬며시 자리를 떴다. 늘 그래 왔기에 다들 그러려니 여겼다. 전에는 그렇게 빠져나와 하릴없이 동네를 걷다 오곤 했다. 그 짧은 시간조차 지루하고 심심했고, 가슴속이 답답했다.

그러나 요즘 인호는 점심시간이 짧게만 느껴졌다. 며칠 전부터 자개 손거울을 만들기 시작했기 때문이다. '신흥자개'에서는 손거울 제품을 만들지 않았다. 손잡이가 달린 나무 손거울 틀은 서울에서 일할 때 챙겨 왔다. 어느 날 문득 그 손거울에 자개 장식을 해서 누군가에게 선물하고 싶다는 생각이 들었고, 그 뒤로는 점심시간이 즐겁게만 여겨지게 된 것이다.

조그만 손거울을 어떻게 꾸밀지, 며칠

내내 고민했다. 서울에서 챙겨 온 여러 디자인이 있었지만 마음에 들지 않았다. 인호는 직접 그림을 그려 본을 만들기로 했다. 다니다 만 중학교였지만 미술 시간마다 칭찬을 들었던 터라 그림 자체는 어렵지 않았다. 어려운 것은 그 그림을 잘라 내기 쉬운 도안으로 디자인하는 일이었다. 전복 껍데기에서 발라낸 자개는 1밀리미터도 안 되는 얇고 깨지기 쉬운 재료였다. 그런 자개를 섬세한 디자인에 맞춰 줄톱으로 오려 내는 건 숙련된 기술자만이 할 수 있었다. 인호처럼 어설픈 초보 기술자가 할 수 있는 일이 아니었다. 기껏 정교하게 그린 그림을 오려 내기 쉽게 투박한 디자인으로 바꾸어야만 하는 게 인호는 속상했다.

나이는 가장 어렸지만 인호는 서울에서 어깨너머나마 자개를 만드는 전체 공정을 익히고 온 기술자였다. 신흥자개에서 장인급 기술자인 홍장인을 빼고는 자개 공정 전체를 아는 유일한 직원이기도 했다. 그렇다고 해서 인호가 기술자 대우를 받는 것은 아니었다. 실제로 하는 일도 차이가 없었다.

　직원 중에 특별대우를 받는 사람은 홍장인뿐이었다. 홍장인의 이름은 모른다. 사람들이 다 '홍장인'이라고 불러서 홍씨란 것만 알았다. 인호는 그를 '홍장인 아저씨'라고 불렀다. 사장만 '사장님'이라 부르고, 다른 아저씨들은 김씨 아저씨, 장씨 아저씨라고 부를 뿐이었다.

인호가 이 공장에서 마음속으로 가장
좋아하고, 따르는 사람도 홍장인이었다.
그는 키가 크고 몸이 호리호리했다. 마흔
이 넘었다고 들었지만 검은 뿔테 안경을
끼고 있어서인지 얼핏 보면 대학생처럼
보였다. 홍장인은 서울말을 썼다. 광주 사
람이지만 어렸을 때 서울로 올라가 나이
들어서야 광주로 돌아왔기 때문이다. 아
내도 서울 사람이라 말투가 바뀌지 않는
다고 했다.

학교를 때려치운 뒤 서울에서 3년을 지
낼 동안, 인호는 서울말을 듣고 말하는
게 가장 괴로웠다. 그 말은 쌀겨처럼 목
에 걸려 입에서 나오지도 않았고, 귀에
들리는 소리는 벌레가 귓속에서 기어다
니는 것처럼 기분이 나빴다. 다행히 공장

엔 전라도 사람이 많아서 힘들지 않았는데 다른 곳에서는 야멸차고 깍쟁이 같은 서울말을 들어야 했고, 인호는 주눅이 들어 입도 열기 힘들었다. 서울말을 배우고 싶은 생각은 추호도 들지 않았다. 같은 고향 사람들이 서울말을 쓰는 건 더 듣기 싫었다. 그런데 이상하게도 홍장인의 서울말은 듣기 좋았다. 그가 차분한 목소리로 말할 때면 갑자기 인호의 마음까지 차분해졌다. 사람을 좋아하면 예전에 싫어하던 것도 좋아지나 보았다.

그러나 무엇보다 홍장인을 우러르게 된 것은 그의 자개 기술 때문이었다. 사실 이 공장에서 그의 기술을 제대로 볼 기회는 없었다. 소규모 하청공장인 신흥자개에서는 주로 장롱 문짝에 자개 붙이는 일을 받아서 했고, 작은 보석함 정도를 정해진 도안대로 만들어 선물 가게나 수예점에 납품했다. 사장은 물론이고 홍장인을 포함한 모든 직원들이 특별한 기술이 필요 없는 단순한 일들을 너나없이 나눠서 했다. 전복 껍데기를 골라내고 갈아서 얇게 잘라 낸 다음 판에 붙여 판자개를 만들고, 정해진 도안에 맞추어 그 자개를 문짝에 붙이는 공정을 반복하는 일이었다.

인호가 서울에서 일했던 자개 공장은 달랐다. 서너 명의 직원밖에 없었던 그 공장은 말이 공장이지 신흥자개보다도 작은 곳이었다. 그러나 사장이 자개 장인이라 말 그대로 자개 작품들을 만들었다. 직원들은 그가 시키는 대로 보조를 하면서 어깨너머로 자개 기술을 배울 수 있었다. 공장이라기보다는 작업실에 가까웠다. 그에 비해 신흥자개는 작품이 아닌 주문품을 찍어 내는 곳이었다. 여기서 홍장인은 작품을 만드는 대신 물건 찍어 내는 일들을 감독하고, 가르쳤다. 공장 사람들이 가끔씩, 이런 데서 썩을 사람이 아닌데 아깝다고 말하는 소리를 인호도 들었다. 사연이 많은 사람이라고도 했고, 사장님하고 먼 친척이라 도와주는 거라고도 했다.

그러나 이 공장의 단순 작업 중에서도 홍장인밖에 할 수 없는 일이 한 가지 있었다. 실처럼 가느다란 줄톱으로 도안을 오리는 일이었다. 이것만은 홍장인 말고 아무도 할 수 없었다. 찢어질 것처럼 얇은 자개를 도안대로 섬세하게 오려 내는 작업은 잘못하면 손이 나가는 일이라 노련한 기술과 극도의 집중력이 필요했다. 그가 도안을 귀신처럼 오려 내는 모습을 보면서 인호는 혀를 내둘렀고, 기술자로서 그를 깊이 존경하게 되었다. 성격도 과묵한 그는 여간해서는 말을 하지 않았고, 크게 웃거나 화내는 일도 없었다. 그런 것조차 신비로워 보여 마음이 더 끌렸다.

그런 홍장인이 크게 소리 내 웃는 모습을 인호도 딱 한 번 보았다. 며칠 전, 갑자기 전화를 받고 나갔다 온 홍장인이 문을 열고 들어오면서 큰 소리로 웃으며 외쳤던 것이다.

"나, 아들 생겼어요! 나를 꼭 빼닮았어요!"

사람들이 환성을 지르며 그에게 다가가 축하를 해 주었다. 마치 다른 사람처럼 크게 웃으며 소리치던 홍장인의 모습은 처음이어서 인호의 가슴에 진하게 새겨졌다. 결혼하고도 아이가 생기지 않아 몹시 기다리다 7년 만에 얻은 아이라고 했다.

"안 그려도 소문난 애처가인디 인자 아들까정 낳았응께 어쩐다냐? 마누라를 머리 꼭대기에 모시고 살겄네, 살겄어!"

사람들이 연신 놀려 댔다.

홍장인의 러브스토리도 유명했다. 사람들이 자주 얘기해서 인호도 대강은 알았는데, 고등학교 때부터 같은 학교 후배였던 지금의 아내를 사모했다고 했다. 혼자서 짝사랑만 하다 학교를 졸업할 때에야 용기를 내서 고백했는데, 그녀가 엉뚱하게도 '자개 기술자가 되면 사귀겠다'고 했다는 것이다. 그때부터 열심히 자개를 배웠고 다른 누구보다도 빠른 속도로 뛰어난 기술자가 되어 마침내 결혼했다고 했다.

사람들은 "자개 부인 잘 계신가? 자개 부인 아니믄 우리 홍장인이 딴일 했을 거 아니여. 그러니께 우리한텐 자개 부인이 은인이여, 은인!" 하며 놀리곤 했다. 그럴 때마다 홍장인은 미소 지었고, 그런 놀림을 싫어하지 않았다. 그는 아내나 아들에 대해 말할 때만 얼굴이 환해지는 사람이었다. 저 아저씨는 아내랑 아들을 정말 좋아하나 보다, 인호는 그런 생각을 했다. 자기도 홍장인처럼 멋진 자개 기술자도

되고, 그처럼 행복한 결혼생활도 하고 싶었다. 인호는 어릴 때 부모가 헤어져 친척 집을 전전하며 살았던 터라 행복한 가정에 대한 바람이 남들보다 더 간절했다.

  인호가 새로 그린 밑그림은 은방울꽃 디자인이었다. 인호가 서울에서 가져온 문양들은 모란이나 동백, 연꽃이 전부였다. 은방울꽃 문양은 어디서도 본 적이 없었다. 그러나 인호는 꼭 은방울꽃 디자인을 하고 싶었다. 순미를 처음 봤을 때 그 꽃이 떠올랐기 때문이었다. 그랬다. 순미, 처음 본 순간부터 인호의 가슴에 스며든 소녀의 이름이 순미였다. 인호는 순미에게 선물하려고 손거울을 만드는 중이었다.

여덟 살 때 부모가 이혼하고 인호가 처음 가서 살게 된 곳은 산골에 있는 외갓집이었다. 어머니는 어린 아이들을 데리고 일을 할 수 없어서 큰아들 인호는 친정에, 작은아들 정호는 언니네에 맡겼다. 엄마까지 세 식구가 함께 살게 된 것은 인호가 중학교에 들어간 뒤였다.

인호는 외갓집에서 4학년 때까지 살았는데, 하루 종일 산을 쏘다니며 놀았다. 그곳은 열 집 남짓 모여 살던 작은 동네라 아이들은 나이도 가리지 않고 떼 지어 다녔다. 그러던 어느 봄, 인호는 숨바꼭질을 하다가 커다란 참나무 뒤에 숨었는데 어디선가 사과 냄새 같은 향기가 났다. 쪼그려 앉아 나무 둥치께의 키 큰 풀들을 들춰 보니 은방울꽃 무더기가 숨어 있었다. 하얗고 조그만 방울 같은 꽃봉오리들이 조르르 달려 달랑거리는 은방울꽃은 키가 새끼손가락만큼밖에 안 되는 작은 꽃이었다. 차마 건드릴 수도 없게 귀엽고 사랑스러웠다. 인호는 친구들에게도 알려 주지 않고 혼자만 그 꽃들을 보러 다녔다. 짓궂은 친구들이 함부로 짓밟거나 마구 따서 소꿉장난 반찬으로 써 버릴까 봐서였다.

해마다 5월이 되면 인호는 은방울꽃들이 피어나길 기다렸고, 꽃이 피면 혼자 찾아가 은은한 향기를 맡았다. 외갓집을 떠난 뒤론 그 꽃을 보지 못했는데 아담한 몸매에 귀여운 얼굴의 순미를 처음 본 순간, 그 은방울꽃이 홀연히 떠올랐다. 그러니 순미에게 줄 손거울에는 반드시 은방울꽃을 담아야 했다.

 인호가 은방울꽃 도안을 단순하게 바꾸
느라 끙끙대고 있을 때였다. 홍장인이 지
나가다 그 모습을 보고 말을 걸었다.
 "그림 솜씨가 제법이네. 손거울에 넣으
려고? 여자 친구 주려는 거구나!"
 인호는 깜짝 놀랐지만 솔직하게 말했
다.
 "아, 아직은 아니여라. 혼자서만 좋아하
는구먼요……."
 홍장인은 인호의 머리를 쓰다듬으며 말
했다.
 "자를 거 생각 말고 맘껏 그려 봐. 내가
잘라 줄 테니."
 그 말에 신이 난 인호는 그리고 싶은 그

대로 은방울꽃 디자인을 했다.

　다음 날 인호는 홍장인이 점심 식사를
마치기만 기다렸다가 다가갔다. 마음이
급했다. 은방울꽃 도안을 종이에 그려 붙
인 판자개를 불쑥 그에게 내밀었다.
　"맘대로 그리라고 허셔서 맘대로 그렸
지라. 자르시는 것도 맘대로, 편안히 자르
시랑께. 지는 은방울꽃 비슷하기만 하면
되니께."
　홍장인은 인호의 도안을 보며 미소를
지었다.
　"예쁘구나. 나도 이 일 처음 배울 때 지
금 아내에게 손거울을 만들어 줬거든. 진
짜 좋아하더라고. 그거 땜에 결혼했다고
아직도 농담을 하지, 하하. 나야 그림은

그릴 줄 몰라서 공장에서 만드는 대로 만들어 줬지만 너는 그림까지 직접 그렸으니 정말 귀한 선물이 되겠네."

그 유명한 '지금 아내'의 얘기에 인호는 공연히 뺨이 달아올랐다. 순미가 미래의 자기 아내가 되어 있는 장면이 그려져서였다.

홍장인은 줄톱으로 도안을 오려 내기 시작했다. 줄톱은 얼핏 보면 낚싯줄처럼 길고 가는 줄에 불과했지만 알고 보면 강철 줄이었고, 군데군데에 꺼끌꺼끌하게 만져지는 것들은 인조 다이아몬드였다. 그 가느다란 줄톱에 자개가 갈리는 사각사각 소리가 무척이나 듣기 좋았다.

인호는 꼼짝 않고 서서 자개를 오리는 홍장인의 모습을 지켜보았다. 보통 그

절삭 작업은 얇은 자개를 백 장씩 모아
서 했다. 백 장을 쌓아 봤자 몇 센티도 되
지 않지만 그 정도 두께는 되어야 잘 부
서지지 않기 때문이었다. 지금처럼 얇은
한 장의 판자개를 절삭하는 일은 워낙 어
려워서 샘플로 한 장씩 만들 때가 아니곤
하지 않는 일이었다. 그런데도 홍장인이
기꺼이 그 일을 해 준 것이다.

　홍장인은 능숙한 기술로 조롱조롱 매달
린 작은 꽃들과 길쭉한 잎새들까지 섬세
하게 오려 낸 자개 은방울꽃을 인호의 손
바닥에 조심스레 놓아 주었다. 인호는 감
격하여 아무 말도 할 수 없었다. 고맙다
는 말조차 못 한 채 몇 번이고 허리를 숙
이며 절만 하니 홍장인이 웃으며 인호를
밀어냈다.

"됐당께. 얼릉 가서 마저 일하랑께!"

홍장인이 그답지 않게 전라도 말로 농담까지 하더니 덧붙여 말했다.

"인두질도 정성껏 하고. 마무리 잘해서 선물해. 용기 내서 데이트 신청도 해 봐!"

어릴 때 동네를 다니며 "전복 껍질 삽니
다! 전복 껍질 파세요!" 하고 외치는 장
수들을 보기는 했다. 하지만 인호네는 비
싼 전복을 먹을 일이 없어서 그런 장사치
를 집에 들인 적도 없었고, 자개농은커녕
옷장도 없었다. 인호네는 옷을 벽에 걸린
못에 걸거나 바구니에 담아 놓는 게 고작
이었다. 아버지와 동생까지 네 식구가 함
께 살 때였는데도 그랬다. 그러다 안집에
서 열두 자 자개농을 들이면서 원래 쓰던

두 쪽짜리 장롱을 문간방에 세들어 살던 인호네에게 주었다. 그 장롱 구석에도 자개로 만들어진 작은 봉황과 학들이 붙어 있었다.

"조것들을 전복 껍디기로 만들었디야. 참말로 신기허제? 전복 껍디기로 저러코롬 이쁜 새들을 으쌔 만들었단 말이여?"

어머니는 장롱을 볼 때마다 감탄했고, 눈만 뜨면 자개 조각들을 마른 걸레로 닦았다. 어린 인호의 눈에도 그 봉황과 학들은 아름다웠다. 밤이면 그 자그마한 자개 봉황과 학들이 살아나 온 방 안을 날아다니는 꿈을 꾸기도 했다.

서울에서 한참 동안 이 공장 저 공장을 전전하다가 전봇대에 붙어 있는 자개 공장 직원 모집 공고를 우연히 봤을 때 떠오른 것도 그 봉황과 학이었다. 그곳에서는 작은 소반이나 경대, 손거울 등을 만들었다. 자개는 손으로 일일이 만드는 까다로운 물품이었다. 사장은 매번 새로운 문양을 개발해 다양한 작품을 내놓았는데 많은 작품을 만들지는 않았지만 한 작품당 가격이 높았다. 그런 곳이었기에 오히려 전체적인 공정을 배울 수 있었다.

인호는 아무 소용 없어 보이는 전복 껍데기가 아름다운 공예품으로 변하는 모습에 매료되었다. 무엇보다도 전복 껍데기의 우윳빛 안쪽이 아니라 두툴두툴하고 못생긴 겉껍데기를 갈아서 자개를 만든다는 사실에 가장 놀랐다. 누가 봐도 쓸데없어 보이는 지저분한 전복 껍데기를 그라인더로 갈면 껍질 안쪽의 영롱한 빛보다도 더 고급스럽고 아름다운 진줏빛 자개가 드러났다. 그 우둘투둘한 껍데기 안에 그토록 빛나는 찬란함이 숨겨져 있다는 게 큰 위로가 되었다. 전복 껍데기처럼 징그럽고 험난한 자신의 인생에도 그런 찬란한 순간이 숨어 있을 것만 같았다.

인호는 빨리 기술을 배우고 싶은 욕심에 몸을 아끼지 않았다. 사장도 인호를 눈여겨보았다.

"인호, 너는 숫기라곤 없지만 눈매가 야무져서 보기보다 당찬 데가 있어. 눈썰미도 있고, 손도 빠르니 마음먹고 열심히 해 봐라."

안방에 자개농을 갖추지 않은 집이 드

문 때이니 자개 기술을 익히면 밥벌이는 할 수 있겠다 싶었다. 인호는 열심히 기술을 배웠고, 어느 정도 기술을 익히자 어머니를 곁에서 챙기고 싶어 광주로 내려온 것이다. 그 듣기 괴로운 서울말에서도 달아나고 싶었고.

제대로 된 자개 기술자가 되려면 긴 세월의 훈련이 필요했지만 일단 기본은 배웠으니 광주에서 큰 공장에 들어가 일하면서 기술을 익히리라 마음먹었다. 그동안은 나이를 속여야 간신히 취직을 했는데, 그새 나이도 열여덟 살이 되었다. 이제는 나이를 속이지 않고도 당당히 공장에 들어갈 수 있었다.

부푼 마음으로 내려와 자개 공장을 찾

아다녔지만 인호가 일할 만한 곳은 드물었다. 제대로 규모를 갖춘 곳에서는 아무리 서울에서 자개 기술을 익혀 왔다고 주장해도 중학교도 마치지 못한 인호를 받아 주지 않았다. 할 수 없이 인호는 하청일을 하는 작은 공장인 이 신흥자개에 들어왔다. 배운 기술을 제대로 연마할 기회 없이 단순 노동만 해야 하는 건 속이탔지만 여기서라도 열심히 일하면 언젠가 자신도 이런 공장 하나는 꾸릴 수 있지 않을까 하는 생각으로 마음을 달랬다. 공장에 딸린 방에서 잠도 자고 밥도 지어먹으면 되니 월급도 고스란히 굳을 터였다. 취직이 결정된 날은 벚꽃잎이 하르르떨어지던 4월 하순이었다.

인호는 어머니에게 활짝 웃으며 말했

다.

"엄니, 나가 인자부턴 돈 벌어 드릴 텐
게, 엄니도 마음 푹 놓고 쪼끔만 더 고생
하시랑께요."

　다음 날 첫 출근을 하자마자 사장이 말
했다.

"마침 잘됐네잉. 인호야, 니가 자전거
타고 양림동 장미수예점에 훌쩍 배달 좀
하고 와라. 인자 수예점 배달은 인호가
하믄 되겠네. 우리 식구 중에 젤 젊응께.
가서 오여사헌티 물건 전달허고 영수증
만 받아오면 되는 일이여. 다른 날은 점
심 먹고 가믄 되는디 오늘은 좀 급하다니
께 시방 훌쩍 댕겨오랑께."

　장미수예점은 신흥자개에서 보석함들

을 정기적으로 주문해 가는 단골 가게여서 매주 수요일마다 배달을 나갔다. 첫 출근한 날이 마침 수요일이었고, 늘 배달하던 김씨가 다리를 다치는 바람에 인호가 첫 일로 배달을 하게 되었다. 그 바람에 순미를 만나게 된 것이니, 이것이 운명이 아니면 무엇이 운명이란 말인가, 첫날 장미수예점에서 돌아 나오며 인호가 한 생각이었다. 생각만으로도 좋아서 휘파람이 절로 나왔던 그날.

수예점 주인 오 여사는 인호가 가게 문을 열고 들어가자 깜짝 놀라며 반가워하였다.

"오매, 김씨 아저씨가 안 오시고, 요로코롬 이쁜 총각이 배달을 대신 왔능가?"

오 여사의 환대에 인호는 수줍어하며
대답했다.

"김씨 아저씬 다리가 쪼끔 불편해지셔
서 못 오셨구먼이라. 보석함 배달은 인자
지가 허기로 되었지라우."

"딱 맞게 왔구먼. 시방 옆집에 새 가게
가 들어와서 떡을 돌렸는디 여기 앉어서
한 조각 맛보고 가시드라고."

　오 여사는 물건을 받으며 인호를 잡아
끌었다. 그러는 오 여사 뒤로 의자에 얌
전히 앉아 수를 놓는 소녀가 보였다. 소
녀도 고개를 살짝 들고 인호를 바라보았
지만 눈길이 부딪히자 얼른 눈을 내리깔
았다. 그 순간 인호의 머리에 은방울꽃이
떠올랐던 것이다. 오 여사의 가지 아래
핀 작고 귀여운 꽃. 아담한 키에 가냘픈

몸매, 하얀 얼굴에 숙인 고개까지 귀엽고 사랑스러운 은방울꽃 그대로였다.

오 여사는 테이블에 떡을 놓으며 수를 놓고 있는 소녀도 불렀다.

"순미야, 얼릉 안 오고 뭐 한당가? 오메, 내외하는가?"

소녀는 기어들어가는 목소리로 "아니랑께여." 하면서 주섬주섬 수놓던 걸 챙기고 테이블 앞으로 왔다. 그렇게 인호는 은방울꽃 소녀의 이름이 순미란 것도 알았다.

그 뒤로도 수요일마다 배달을 갔지만 인호는 오 여사에게 물건만 전달하고는 도망치듯 내빼기 바빴다. 수예점에만 들어가면 얼굴이 붉어져서 그랬다. 그리고 나오면 뭐라도 놓고 나온 것처럼 마음 한 구석이 허전했지만 잠깐 힐끗 보는 것만으로도 한 주일을 살아갈 힘을 얻었다. 순미는 처음 본 그때부터 인호의 가슴에 달라붙어 떠나지 않았다. 그 산골 숲속의 은방울꽃이 그랬던 것처럼.

  이번 수요일 오 여사가 서울에 물건을 떼러 간다고 했다. 순미와 단둘이 있을 기회였다. 손거울을 전달하면서 용기를 내 데이트를 신청할 것이다. 그 생각을 하면 인호는 몸이 떨렸지만 마음속에 환하게 달이 뜬 것처럼 기분이 좋기도 했다.

  인호는 오늘도 밥만 먹고 일찌감치 일어나 구석 자리로 가서 자개 손거울을 꺼냈다. 오색영롱한 빛으로 아름다운 은방울꽃이 눈부시게 빛났다. 인두질도 깨끗이 해서 자개가 잘 붙었고, 뜨거운 물에 담가 종이도 깔끔하게 떼어 냈다. 인호의 입가에 미소가 피어올랐다.

지나가던 김씨가 그런 인호를 보며 짓궂게 놀렸다.

"인호, 요 녀석 보랑께. 야, 너, 그거, 그거, 순미 줄라꼬 만든 거제? 보나마나여. 맞제? 점심도 후다닥 먹고 뭐슬 그리 꼼꼼히 해쌓나 했더니! 하하하."

김씨의 말에 다른 직원들이 거들었다.

"김씨가 아는 처자여?"

"알다마다! 장미수예 오 여사 밑에서 일하는 참한 처자여. 우리 인호가 눈이 있당께! 나도 아들 있음 며느리 삼고 싶은 처자여라."

"아이고, 좋을 때여! 잘해 보랑께."

인호는 사람들 말에 당황해서 자기도 모르게 둘러댔다.

"아, 아니랑께요. 이건 그냥…… 엄니 드릴라꼬 만든 거랑께."

인호는 그러면서 홍장인을 보았다. 신문을 펼쳐 들고 읽던 홍장인이 고개를 들고 눈을 찡긋하며 웃었다. 홍장인이 아닌 다른 사람들에게는 아직 시작도 못한 연애를 들키기 싫었다. 어머니에게도 조금 미안한 마음이 들었지만 어머니한테는 월급을 거의 다 갖다줄 작정이었다. 어머니는 이깟 손거울보다는 그쪽을 훨씬 좋아할 게 분명했다.

"아가, 첫 월급이라고, 그 머시기냐, 속옷 같은 거에 한 푼이라도 낭비할 생각 말고 뽀도시 빳빳한 돈으로 가져오거라. 그거시 최고여. 우리는 돈이 필요한께 니 쓸 돈 빼놓곤 내 것은 아무것도 사 올 생각 말어. 알았제?”

어머니 말대로 순미와 데이트할 비용은 따로 챙겨 둘 거다. 순미가 응해 주기만 한다면.

그런 생각을 하자니 인호의 입꼬리가 또다시 올라갔다.

“오메, 진짠겨? 글믄 또 엄청난 효자 아녀? 하하하!”

심심하던 차에 사람들은 인호를 두고 한참을 놀리며 논다. 인호는 그저 기분이 좋기만 했다. 20일에 월급을 받으면 다음 날인 21일은 석가탄신일이다. 오전 근무만 있으니 오후엔 시간이 난다. 오 여

사는 독실한 불교 신자이니 분명 석가탄
신일인 초파일엔 가게 문을 닫고 절에 갈
것이었다. 인호는 그날 순미와 데이트를
할 생각으로 가슴이 부푼다.

　내 청을 들어줄까, 거절하면 어쩌지, 가
슴이 콩닥콩닥 뛰었다. 내일 손거울을 주
면서 순미에게 할 말을 인호는 속으로 수
백 번도 더 연습해 본다.

순미는 수예점에 혼자 앉아 수를 놓고
있었다. 수틀에 손수건을 끼우고,『어린
왕자』에 나오는 장미와 여우를 수놓는 중
이었다. 수를 놓던 순미는 자꾸만 창문
쪽으로 고개를 돌렸다.

"나가 왜 이런당가? 미쳤다, 지지배!"

스스로를 타박하면서도 순미 입가에는
배시시 미소가 감돌았다.

오늘은 신흥자개의 인호가 보석함을 납
품하러 오는 날이었다. 매주 수요일 오후

두 시면 정확하게 오는 사람, 언제부터 순미는 그를 기다리게 된 것일까?

처음엔 별다른 느낌이 없었다. 어느 날인가 웬 청년이 김씨 아저씨 대신 배달을 왔지만 사람이 바뀌었구나, 생각했을 뿐이다. 순미와 달리 오 여사는 호들갑을 떨며 그에게 이것저것 물었고, 덕분에 순미도 그의 이름이 인호고, 나이도 자기와 동갑이란 걸 알았다. 열여덟인데 공장에서 일한다면 자기처럼 고등학교를 안 다닐 가능성이 높았다.

"둘이 동갑인디 내외하지 말고 친구로 잘 지내랑께."

오 여사의 주책스런 말에 순미는 얼굴이 빨개졌다. 왜 저런 말을 한담, 무안했다. 그러나 그 말에 얼굴을 붉히며 고개를 숙이는 인호를 보자 순미는 갑자기 그에게 관심이 가고 마음이 설렜다. 남자지만 자기처럼 부끄럼이 많은 사람인 모양이었다. 남 같지 않은 그 느낌이 좋았다.

그때부터 인호가 배달 오는 수요일은 순미에게도 설레는 날이 되었다. 세수도 정성스럽게 하고, 스킨과 로션도 꼼꼼하게 바르고, 옷도 다려 입었다. 눈 매운 오 여사가 눈치채고 놀리지 않을 정도만, 딱 그 정도만.

그러나 오늘은 오 여사가 없으니 가장 예쁜 옷을 골라 입고 화장도 살짝 했다. 인호가 들어올 때 이 수를 놓고 있으면, 혹시 뭘 수놓고 있냐고 묻지 않을까? 그러면 『어린 왕자』 얘기를 해 주고, 이 손수건을 가지고 싶으면 가지라고 말해 볼

까?

그런 생각을 하는 것만으로도 순미는 얼굴이 달아올랐다.

"이 지지배야, 정신 차리랑께."

자신을 또 타박하지만 기분은 좋기만 했다.

순미는 책을 좋아했다. 시골 학교라도 학교 도서관에는 책이 많았다. 책을 좋아하다 보니 생각이 많아졌고, 뭘 끼적거리는 것도 좋아하게 되었다. 순미는 편지 쓰기도 좋아하고, 시집이나 소설책에서 마음을 치는 구절을 만나면 공책에 베껴 써 놓는 것도 좋아했다.

학교 문예반에도 들어갔다. 수업 시간마다 시를 읽어 주던 총각 국어 선생님한테 반해서이기도 했다. 부끄럼이 많아서 학생들과 절대 눈을 맞추지 않던 선생님이었는데, 인호를 보는 순간 어딘가 그 선생님 비슷하다는 인상을 받았다. 그래서 내가 더 마음이 끌리나, 순미는 그런 생각을 하며 또 배시시 웃었다.

문득 고개를 들고 유리문 너머 골목길을 보니 학교가 일찍 끝났는지 수피아 교복을 입은 여고생들이 우르르 지나간다. 하얀 깃이 달리고 허리를 졸라맨 저 교복을 볼 때면 누가 바늘로 콕콕 찌르는 것처럼 마음이 아프다.

가난한 농사꾼 집안의 막내딸이었던 순미로서는 중학교를 다닌 것만도 분에 넘치는 일이었다. 그나마 어머니가 아버지한테 맞아 가며 제 편을 들어 준 덕분이었다. 그 마을에서 중학교라도 간 여자애는 순미밖에 없었다. 십리 길을 걸어 다니면서도 하루하루가 너무나 즐겁고 소중했던 중학교 시절이었다. 고등학교는 입도 뗄 수 없었다. 중학교 졸업이 가까워졌을 때 밤마다 이불 속에서 흐느끼는 막내딸의 모습을 보면서도 어머니 역시 한숨만 쉴 뿐이었다. 언제나 자기 편을 들어 주던 어머니였는데도.

순미가 책만큼 좋아했던 게 자수였다. 수틀에 천을 끼우고 색색의 실로 꽃이나 새를 수놓는 일이 즐거웠다. 수를 놓다 보면 시간 가는 줄 몰랐다. 학교 자수 대회에서 상도 탔다. 학교에서도 동네에서도 순미는 수 잘 놓는 학생으로 불렸다. 덕분에 동네 친척 아주머니가 지금의 수

예점에 소개를 해 줘서 광주에 오게 된
것이다.

　순미는 오 여사의 집에서 숙식을 하면
서 수예점에 나와 일했다. 순미의 얌전한
자수 솜씨가 알려져 제법 주문도 늘었다.
오 여사는 순미가 월급을 전부 집으로 보
내는 걸 기특하게 여겨서 순미가 따로 수
놓아 파는 작품들에는 손대지 않았다. 순
미는 아무리 작은 돈이라도 자기 돈을 모
을 수 있다는 게 좋았고, 그것도 자기 작
품으로 돈을 버니 어깨가 으쓱거렸다. 순
미의 작품 중 처음 팔린 것은 식탁보였는
데 순미한테는 뜻밖의 돈이었다. 그 돈으
로 『어린 왕자』 책을 샀다. 도서관에서 몇
번이고 빌려 읽던 책이라 꼭 갖고 싶었다.
　유리문 밖으로 지나다니는 수피아 여고

생들만 아니라면 큰 불만 없는 나날이었
다.

  순미는 『어린 왕자』에서 여우의 말에 몇
번이고 밑줄을 그었다.
  여우의 말 중에는 가슴에 새겨 놓고 싶
은 말이 많았다. '길들인다'는 말은 더욱
그랬다.
  수많은 다른 아이와 다를 바 없는 어린
왕자, 수많은 다른 여우와 구별이 되지 않
는 한 마리 여우, 그런데 서로 길이 들면
서로가 '세상에 하나밖에 없는 아이'가 되
고, '세상에 하나밖에 없는 여우'가 된다
는 그 말이 가슴에 사무쳤다.
  여우는 어린 왕자가 자신을 길들이면,
왕자가 네 시에 온다고 하면 세 시부터

행복해질 거라고 했다. 그런데 지금 순미 모습이 딱 그랬다. 인호가 오는 수요일만 기다렸고, 수요일 중에서도 두 시를 기다렸다. 그가 가자마자 다음 수요일을 기다렸고, 화요일이 되면 가슴이 졸깃졸깃해졌고, 수요일 두 시가 되면 심장이 마구 뛰기 시작했다.

"나가 여우 말대로 인호 씨한테 길이 든 거랑께."

그런 생각을 하며 순미는 지나가는 수피아 여고생들을 다시 보았다. 저 학생들은 다 똑같은 수피아 여고생들일 뿐이야. 그러나 인호 씨한테 나는 좀 다르지 않을까? 자기만 보면 붉어지던 인호의 얼굴이 떠올랐다. 적어도 인호한테 자기는 단 한 명의 순미일 것이다, 저렇게 무더기로 지나가는 순미가 아니라. 그러자 수피아 여고생을 보는데도 마음이 편안해졌다.

수요일마다 얼굴을 봤지만 단둘이 본 적은 없었다. 제발 그가 있을 때 손님이 없기를 바랐다. 워낙 부끄럼이 많으니 인호가 무슨 말을 할 것 같진 않았다. 순미도 마찬가지니 둘 다 말없이 헤어질지도 몰랐다.

순미는 손수건에 새겨진 여우와 장미를 보았다. 어린 왕자가 사랑하고 길들인 친구들, 누구한테 준다는 마음 없이 수놓았다. 그러나 만약, 만약 인호와 친해진다면 그에게 선물하고 싶었다. 그가 받고 기뻐하는 모습도 눈앞에 그려 보았다.

그럼 인호 씨를 생각하며 수놓은 게 맞잖아? 요 계집애. 누군가 그렇게 놀릴 것

만 같아 순미는 또 슬그머니 웃었다. 과
연 그런 날이 올까? 그도 나도 이렇게 부
끄럼이 많은데. 아마 오늘도 얼굴만 빨개
져서는 물건만 놓고 달아나겠지. 오 여사
가 없으니 더 부끄럼을 타면서……. 그건
나도 마찬가지일 텐데, 아무 말도 못 하고
새초롬하게 수만 놓는 척할 텐데…….

순미는 자기의 소심한 성격이 처음으로
안타까웠다.

문이 열렸다. 문에 달린 풍경이, 땡그랑,
맑은 소리를 냈다.

순미는 인호 생각이라곤 하나도 안 했
던 사람처럼 태연하게 그를 보려고 하지
만 마음과는 달리 얼굴이 달아올라 얼른
고개를 숙였다.

"쩌그, 오 여사님은 서울 가셨지라?"

인호는 보석함을 내려놓더니 다른 데를 보며 물었다.

그제야 순미는 살짝만 고개를 들고 말했다.

"야, 아까 가셨지라. 영, 영수증 주시믄 지더러 사인해 드리라고…….."

인호가 다가와 영수증을 내미는데 손거울 하나를 같이 내밀었다.

순미는 처음에 새 제품 샘플을 보라고 내미는 줄 알았다.

인호는 얼굴이 빨개져서는 더듬으며 말했다.

"선, 선물인디, 포장지도 없고, 상자도 없어서 이러코롬…… 미안허요."

순미가 놀란 눈으로 바라보자 인호는

떨리는 목소리로 덧붙였다.

"공장서 맹근 거 아니고, 나 혼자 맹근 것이여. 거기, 은방울꽃 도안도 내가 직접 했는디라. 순미 씨랑 꼭 닮은 꽃 같아서."

순미는 손거울을 뒤집어 보았다. 영롱한 빛깔의 자개로 조로롱 매달린 은방울꽃 무늬가 박혀 있었다. 순미의 눈에 눈물이 맺혔다.

"너, 너무 곱당께요."

순미가 말하는데 거울 위로 눈물이 뚝 떨어졌다.

인호가 깜짝 놀라 말했다.

"눈물을 왜……."

"이런 거 첨 받아 봐서…… 무신 말을 해야 할지……. 무담시 눈물이 나 버렸네여."

그제야 인호도 들뜬 목소리로 되물었

다.

"마, 마음에 든다요?"

"들, 들다마다요! 자개 손거울, 얼마나 갖고 싶었는디요. 이 비싼 것을……. 글고 이러코롬 이쁜 손거울이 어디 있다요? 고것도 인호 씨가 정성껏 만들어 준 것이니……."

어디서 이렇게 말이 흘러나오나, 순미는 자신의 모습에 놀랐다.

인호는 숨을 한번 크게 들이마시고 말했다.

"다, 다음 주 초파일 날, 쉰다요? 이번 주말은 집에 다녀와야 혀서……."

"야, 그날은 쉬지라."

순미의 말에 인호가 다시 물었다.

"혹, 혹시 그날 시간 된당가요?"

순미는 고개를 들고 인호를 보며 고개를 크게 끄떡였다. 인호의 얼굴이 환해졌다.

"글믄 그날 나랑 만나요. 영화도 보고, 밥도 묵고……. 전날 월급도 타니께."

순미는 가슴이 터질 것 같았지만 작은 소리로 대답했다.

"그러지라."

순미의 대답에 인호가 갑자기 큰 소리로 말했다.

"약속한 거여! 그날 두 시꺼정 여기로 오랑께요. 오전 근무라 두 시면 될 건디 혹시 쪼끔 늦어질지도 모른다요. 배달 나가면 늦는 수도 있응께. 그래도 꼭 기다리고 있어야 혀요. 꼭 올 거니께. 나가 약속은 절대 안 어긴당께! 절대로!"

저렇게 좋을까 싶게 인호의 얼굴 가득 웃음꽃이 피었다. 순미는 다시 고개를 끄떡였다.

"초파일 날 두 시에 여기서 보는 거여!"

인호가 못 박듯 말했다. 평소와 다르게 단호하게 말하는 그를 보며 순미는 웃으며 입을 열었다.

"많이 늦어도 상관없응께 오기만 하세요. 나야 여기 앉아서 수놓고 있으면 되니께."

인호가 환히 웃으며 꾸벅 절을 하고 돌아 나갈 때였다. 순미가 그를 불렀다.

"저어기, 인호 씨!"

인호가 돌아보자 순미가 가만히 수놓은 손수건을 건넸다.

"이러코롬 이쁜 거울도 받았는디, 조그

만 것이지만 나가 수놓은 건께……『어린
왕자』좋아하나 모르겠는디, 나가 젤 좋
아하는 책이여서…… 거기 나오는…… 설
명이 필요한디, 하여튼 어린 왕자가 좋아
하는 여우와 장미를 수놓아 봤는디……."

사실은 인호를 생각하며 수놓은 거란
말은 하지 않았다. 그런 말까지 할 용기
는 없었다.

"아……."

인호는 손수건을 조심스레 받아들었다.

한참 손수건을 들여다보던 그가 순미를
보며 말했다.

"나가 읽지는 못했지만 제목은 들어 봤
구먼요."

"그날, 책도 가져올께요. 나가 빌려드릴
랑께요."

순미가 말했다.

유리문 밖으로 골목길에 세워 둔 자전거에 올라타는 인호가 보였다.

인호는 안장 위에 오르더니 손수건을 꺼내 코에 대 보곤 점퍼 주머니에 소중하게 넣는다. 하얀 레이스 커튼 사이로 그 모습이 아련했다. 커튼이 엷어 다 보이지만 인호는 모르나 보았다. 순미도 안 보는 척 얼른 고개를 숙였다.

　토요일인 5월 17일, 일이 끝나자 인호는 늘 그랬듯이 어머니를 보러 집으로 갔다.

　주머니에 넣고 내내 만지작거리던 손수건은 가방 깊숙이 잘 숨겼다. 집에 갈 때마다 아들 옷부터 빨래하는 어머니에게 들킬까 봐서였다. 아니나다를까, 어머니는 인호를 반기며 얼른 빨랫감부터 챙겼다.

　인호는 어머니를 위해 남자 손이 필요한 일들을 해치웠다. 깨진 아궁이도 시멘

트를 개어 바르고, 불이 안 들어오는 전등불도 손봤다. 동생하고 이야기도 나눌 겸 동네를 한 바퀴 돌고 오니 어머니는 인호가 좋아하는 들깨 미역국으로 저녁 밥상을 차려 주었다.

밥을 퍼 주던 어머니가 가만히 큰아들의 얼굴을 보더니 말했다.

"뭔 좋은 일이 있당가? 아까부텀 계속 혼자 히죽거리네잉."

인호는 깜짝 놀라 마구 손사래를 쳤다.

"좋은 일은 무슨 좋은 일이 있당가? 엄니도 참!"

"아가, 정호야, 니가 보기에도 니 형이 좀 이상하지 않냐잉? 정신 나간 사람처럼 자꾸 코가 벌름거리고, 혼자 히죽거린당께."

정호가 인호 얼굴을 들여다보더니 웃음을 터뜨렸다.

"진짜로 형 코가 벌름거리네잉! 혹시 연애하는 거 아니당가? 재채기랑 사랑은 숨길 수가 없다던디?"

"이 녀석이, 형을 놀리믄 못 쓰는 벱이여!"

정호를 쥐어박으면서 인호는 그렇게 티가 났나 싶어 놀랐다. 그러면서도 속으로는 초파일이 며칠 남았나 손꼽아 보았다.

"초파일엔 안 오는가?"

인호의 속을 다 들여다본 듯 어머니가 그리 물어 인호는 뜨끔했다.

"안 쉰당께. 오전 근무 한당께."

"그려. 오전만 근무하믄 모자란 잠이라도 실컷 자뿌랑게."

인호는 대답 없이 미역국만 듬뿍 떠서 먹었다.

5월 17일 자정, 전두환은 계엄령을 전국으로 확대하며 김대중을 비롯한 야당 정치인과 운동권 학생들을 대거 잡아들였다. 바로 다음 날 광주 전남대에선 계엄령을 철폐하라는 시위가 일어났고, 기다렸다는 듯이 군인들이 투입되어 무자비한 폭력이 행사되기 시작했다. 5.18이었다.

텔레비전도 없는 인호네는 아무것도 몰랐다. 다른 일요일과 똑같이 인호는 공장에 가려고 점심을 먹고 천천히 쉬다가 집을 나섰다.

"엄니, 글믄 다음 주 토요일에 올게요.

그때는 월급도 타니께 엄니 좋아하는 추
어탕이라도 먹으러 가잔께요. 정호 좋아
하는 통닭도 먹고. 첫 월급이니께."

정호가 손뼉을 치며 좋아했다.

"좋아! 좋아! 우리 형이 짱이여!"

어머니는 마른 빨래를 건네주며 활짝
웃었다.

"그려, 우리 아들! 그날은 맛있는 거 한
번 사 묵자. 그동안 고생했응께!"

버스 정류장까지 지름길로 가려고 인
호는 천변 아랫길로 내려갔다. 이제 날이
많이 따뜻해졌다. 버드나무도 한껏 물이
올랐고, 개천 물도 강물처럼 맑고 깨끗해
보였다. 인호는 잠시 둑길에 서서 개천
물을 내려다보았다. 그때 던진 내 가방은

어디까지 흘러갔을까? 흘러 흘러 바다에 다다랐을까?

그때였다. 둑길 위에서 웬 남자의 말소리가 들렸다.

"왜 이러시요? 우린 교회 갔다 가는 길인디……."

인호가 위를 올려다본 순간, 얼룩무늬 군복을 입은 군인이 몽둥이로 남자를 내리쳤다. 옆에 서 있던 여자가 비명을 질렀다. 순식간의 일이었다. 인호는 본능적으로 길옆으로 바짝 붙어 서서 몸을 숨겼다. 심장이 어찌나 크게 뛰는지 밖으로 튀어나올 것만 같았다. 몽둥이질 소리와 비명 소리가 엊혔다.

인호는 꼼짝도 할 수 없었다. 저벅저벅 군화 소리가 멀리 사라지자 사람들이 달려 나왔는지 웅성거리는 소리도 들리고 차 소리도 들렸다. 인호는 몸이 굳어 버린 것처럼 움직일 수가 없었다. 얼마나 그러고 있었을까?

사방이 조용했다. 고개를 들어 건너편 둑길 위를 올려다봤다. 푸른 버드나무만이 햇살에 반짝이고 있었다. 아무 일도 없었던 것만 같았다. 아까 본 장면이 믿어지지 않았다. 쓰러진 사람들은 데려갔을 것이다. 다리를 건너면 확인해 볼 수 있을 테지만 인호는 겁이 나서 엄두가 나지 않았다. 인호는 아까 그 군인이 탈영병일 거라고 짐작했다. 탈영병이 사람을 해쳤다는 뉴스를 예전에 본 적이 있었다. 인호는 온몸을 덜덜 떨면서 간신히 공장으로 돌아갔다.

공장에 도착하니 일요일인데도 사장과 홍장인이 와 있었다. 인호가 들어서자 홍장인이 다가와 인호를 힘주어 안았다. 처음 있는 일이었다. 인호가 당황해하는데 김씨가 말했다.

"얼릉 들어오랑께. 너 오는데 괜찮나 다들 걱정하던 중이여. 홍장인이 너 걱정돼서 일부러 공장에 온 거여. 무사히 왔으니 됐다. 지금 군인들이 미쳐 날뛰고 난리가 났디야. 젊은 사람만 보면 패불고 있어서 너도 다쳤을까 봐 조마조마했당께."

"군, 군인들이 왜 그런다요?"

인호는 본 바가 있어서 가슴이 철렁 내려앉았지만 그 얘기는 꺼내지 않았다.

모두들 몹시 불안해하고 있었다. 아무

래도 심상치 않다고 했다. 시위대만이 아니라 젊은 사람들을 보는 족족 때리고 찌르고 전쟁이 난 것 같다고 했다.

"전두환이 본색을 드러낸 거제. 불안혀⋯⋯."

"개 패듯이 사람을 패고 칼로 찌르고 난리도 아니여! 맴 먹고 군인들을 풀어놨당께."

"김대중 선생도 잡혀가셨다는디 그 악마 같은 놈들이 어쩔지 몰라 겁나네그려!"

이미 소문이 다 퍼졌고, 여기저기서 군인들의 만행을 본 사람이 많았다.

이야기를 나눌수록 다들 마음이 무거워졌다. 마침내 사장이 결론을 지었다.

"일단은 정상 근무하면서 사태를 지켜

보잔께. 그려도 여긴 시내에서 좀 떨어져
있응께 비교적 안전할 거여.”

　저녁 무렵 어머니가 공장으로 전화를
했다.
　“인호야, 잘 들어갔제? 옆집 와서 건다.
금메 난리가 나부렀단다. 저기 천변 길에
서도 교회 갔다 오던 부부가 군인한테 맞
아서 뼈가 부러지고 죽을 뻔했디야. 죽지
는 않았다지만 겁나게 다쳤다더라. 뭔 일
인지 모르겄다. 넌 난리 가라앉을 때까
정 집에 올 생각 말고 거기 꼭 숨어 있으
랑께.”
　인호는 자기가 목격한 사람들이 죽지
않았다는 사실에 숨을 몰아쉬었다. 명치
께에 얹혀 있던 묵직한 무언가가 그제야

내려갔다.

그러자 곧 순미가 떠올랐다. 수예점은 괜찮겠지? 설마 초파일 전에야 이 난리가 가라앉겠지? 도대체 무슨 일일까? 무슨 큰일이기에 나라를 지키는 군인들이 죄 없는 시민들을 때려죽이는 것일까? 교회에 다녀오던 사람들을 몽둥이로 내려치던 장면이 자꾸만 떠올랐다.

월요일에 사람들이 출근하자 무시무시한 이야기들은 더욱 살이 붙었다. 직접 목격한 일에다 여기저기서 들은 얘기까지 더해져 사람들은 공포에 질렸다.

"6.25 때보다 더하당께. 그때야 인민군한테 죽기라도 했제. 이것이 대체 무슨 일이랑가?"

"인잔 보이는 대로 다 쥑인당께. 젊은 사람만 쥑이는 게 아니고, 남녀노소 가리지도 않어. 그냥 보이는 대로 다 쥑여불더라."

"이러다 광주 사람 다 쥑이는 거 아니여?"

"시위하다 도망쳐서 마당에 있는 화장실에 숨었는디 대검으로 문을 찔러서 죽였당께, 우리 동네에선."

듣는 족족 무시무시한 이야기였다. 인호는 아무 말도 보태지 않았다. 홍장인을 보자 그도 심각한 얼굴로 일만 하고 있었다.

다음 날인 화요일은 월급날이었다.

사장은 인호의 월급을 맨 처음으로 주

며 말했다.

"우리 인호는 첫 월급인디 엄니한테도 못 갖다드리고 어쩐다냐? 그려도 당분간은 절대 나가지 말고 꼭꼭 숨어 있어야 한당께."

사장은 사람들한테 월급을 다 나눠 준 뒤에 공장 문을 걸어 잠그더니 심각한 어조로 말했다.

"나가 이건 꼭 읽어 줘야 쓰겄소. 내 친구가 전남매일 기자인디 거기 기자들이 오늘 단체로 그만두면서 사장한테 보낸 글이랑께. 다 식구처럼 믿으니께 이런 것도 읽어 주는 것이니, 어디 가서 나가 읽어 줬단 얘기는 절대 하지 말더라고."

모두들 숨소리도 죽이며 귀를 기울였다. 사장은 평소와 달리 심각한 어조로

낭송을 했다.

"우리는 보았다.

사람이 개 끌리듯 끌려가 죽어 가는 것을 두 눈으로 똑똑히 보았다.

그러나 신문에는 단 한 줄도 싣지 못했다.

이에 우리는 부끄러워 붓을 놓는다.

1980년 5월 20일 전남매일신문기자 일동."

사장이 낭독을 마치자 홍장인이 조용히 박수를 쳤다. 다른 사람들도 작은 소리로 박수를 쳤다.

월급을 받자 인호는 더욱 속이 탔다. 지금 시내는 전쟁터 같다는데 어떻게 해야 하나? 양림동은 괜찮을까? 장미수예점은 골목 안에 있으니 괜찮겠지? 순미한테 전화라도 걸어 보고 싶었지만 오 여사가 받으면 뭐라고 해야 할지 몰라서 전화도 못 하고 속만 태우고 있었다. 그런데 오후에 오 여사가 전화를 해서 인호는 그제야 가슴을 쓸어내렸다. 오 여사는 공장 사람들 안부를 물었고, 특별히 인호를 챙겨 물었다. 수예점은 어제부터 문을 닫았다고 했다. 오 여사랑 순미는 괜찮은 것이다. 그러자 비로소 남들은 죽어 가는데 자기는 데이트할 생각만 했구나, 하는 자책도 밀려왔다. 그래도 인호는 순미와 어떻게든 만날 생각이었다. 영화 보러 가고, 밥 먹으러 가는 건 못 하겠지만 수예점에서 만나 단둘이 얘기라도 하고 싶었다.

퇴근 시간이 되자 사장이 말했다.

"내일은 초파일이라 원래 오전 근무지만 길에 나서는 게 목숨을 거는 일인께 내일부터 당분간은 우리 공장도 문을 닫을 것이여. 다들 몸 사리면서 연락 갈 때까정 기다리랑께. 김씨하고 인호는 공장에서 나가지 말고. 괜히 나섰다간 큰일 나부러!"

다들 몸조심을 당부하면서 월급봉투를 들고 집으로 돌아갔다.

홍장인은 나가면서 인호한테 다가와 다시 다짐을 두었다.

"절대 밖에 나가지 말고 공장 안에만 있어야 한다. 너무 흉흉해. 저놈들은 지금 괴물이야. 알았지?"

"예. 알겠지라."

인호는 그렇게 대답은 했지만 속으로는

찔렸다.

대답을 듣고 돌아서는 홍장인을 인호가 불러세웠다.

"홍장인 아저씨!"

그제야 감사 인사를 못 했다는 생각이 나서였다. 그동안 너무 많은 변화가 있어서 정신이 없었다.

"손거울 감사 인사를 못 했지라. 덕분에 잘 만들어서 선물했어라. 순미 씨가 엄청 좋아하더라고요. 나랑 만나 준다고 약속도 했어라. 그 인사를 까먹고 이제야 하네여."

홍장인은 웃으며 인호의 등을 두드려 주곤 공장문을 나섰다.

걸어가는 그의 뒷모습을 보는데 문득 그가 환하게 웃으며 아내와 아들에게 다가가 그들을 껴안는 장면이 그려졌다. 홍 장인의 식구들을 만나 본 적이 없는데도 그 장면은 무척이나 생생했다. 지금 홍장인의 머릿속에는 오직 저 생각밖에 없을 것이다. 집으로 무사히 돌아가 가족들을 끌어안는 것. 인호는 가슴이 뭉클했다.

그날 시내에서는 수백 대의 차량이 앞 장서고 수많은 시민들이 뒤를 따른 대규모 시위가 벌어졌다. 맹렬한 시민들의 반격에 처음으로 계엄군이 밀려났다. 시민들은 방송국을 불태웠다. 군인들한테 죽임을 당하고 있는 광주 시민들을 폭도라고 방송하는 방송국을 더 이상 참아 낼 수 없었던 것이다.

인호는 밤새 잠을 이루지 못하였다. 순
미를 만날 생각을 하니 설레어 잠이 오지
않았다. 월급봉투에서 어머니 드릴 돈은
따로 챙겨 놓고 순미에게 쓸 돈을 떼어
놓았지만 과연 이 난리통에 돈 쓸 데가
있는지는 알 수 없었다. 그러면서도 인호
는 이렇게 위험한 상황인데 순미가 약속
에 못 오는 건 아닌가 하는 생각은 한 번
도 하지 않았다.

순미가 발그레한 얼굴로 말하던 모습이

눈에 선했다.

"많이 늦어도 상관없응께 오기만 하세요. 나야 여기 앉아서 수놓고 있으면 되니께."

그 표정과 그 말을 생각하니 인호의 가슴은 더욱 뛰었다. 순미는 자기와 아주 비슷한 사람이었다. 그녀는 무슨 일이 있어도 두 시까지 수예점에 올 것이었다. 자기도 반드시 그럴 테니까.

밤을 새우다시피 했는데도 인호는 일찍 눈을 떴다. 그렇게도 기다리던 석가탄신일이었다. 조금도 피곤하지 않았다. 공장이 쉬는데도 인호는 조용히 일어나 김씨가 깨지 않게 몸도 씻고, 밥도 먹고, 순미를 찾아갈 준비를 했다. 걸어서도 한 시

간이면 충분히 갈 수 있는 거리였다. 오
히려 그때까지 어떻게 기다리나 싶었다.

김씨가 10시 넘어 느지막히 일어났을
때, 갑자기 공장 문이 열리더니 사장이
들어와 인호를 찾았다. 재료상에 급히 돈
을 갖다줘야 한다고 했다. 어제부터 광주
가 봉쇄되고, 시외전화도 불통이라 수금
이 막히는 바람에 직원 월급을 줄 수 없
게 되었다고 긴급 요청이 왔다는 거였다.
사장은 몹시 미안해하며 말했다.

"참말로 미안혀. 나가 급한 일만 아니믄
가려 했는디 나는 또 가 봐야 할 데가 있
당께. 돈만 전달하고 얼렁 돌아오고, 조심
해서 잘 다녀오랑께. 절대 시위대 근처엔
가지도 말고!"

대인시장으로 가라고 했다. 거기서 양

림동까지는 걸어서 한 시간이 안 걸리니 이제 나가면 약속 시간까지 넉넉했다. 안 그래도 마음이 달싹거려 답답했던 참이라 인호는 두말 않고 그 일을 승낙했다. 일찍부터 씻고 준비하기를 잘했다 싶었다. 인호는 깨끗한 셔츠 윗주머니에 순미가 준 손수건을 넣었다. 그런데 밖으로 나서는 인호를 김씨가 붙들었다.

"나가 갈랑께 니는 있거라. 젊은 남자는 다 때려죽인다는디 나야 늙었으니께 괜찮겠지만 니는 안 된당께!"

"아니랑께요. 지는 들를 데도 있어서 아무래도 나가려던 참이었어라. 조심할 텡께 걱정마시랑께요."

김씨가 어찌나 완강한지 한참이나 실랑이를 해야 했다. 인호는 도망치듯이 간신히 공장을 빠져나왔다. 눈에 띌까 봐 자전거도 타지 않았다. 군인들이 오는지 잘 봐 가며 골목길로만 조심해서 갈 작정이었다. 외곽으로 돌아서 갔더니 다행히 군인과 마주치지 않고 대인시장 앞에 다다랐다. 공중전화로 연락을 하니 재료상 사장이 금방 나와서 수월하게 돈을 전달했다.

"아까 나가 보니 아침부터 금남로에 사람들이 꽉 차 부렀어. 어제 군인들을 몰아냈는디라 기세가 등등혀. 허지만 상대는 미친 군인들이여. 총각은 절대 그 근처엔 얼씬도 허지 말고 조심혀야 헌다잉! 저놈덜이 허가 받은 살인자들이여."

재료상 사장도 인호와 헤어지며 신신당부했다. 그는 너무 많은 사람들이 죽었다고 혀를 찼다.

뒷골목으로 돌아가는데도 금남로 부근을 지나니 함성 소리와 노랫소리가 들려왔다. 잠시 망설였지만 인호는 가는 방향이니 보기만 하자고 마음을 고쳐먹었다. 금남로 거리는 온통 사람들이 꽉 채우고 있었다. 인호는 태어나서 그렇게 사람이 많이 모인 건 처음 보았다. '봉축 부처님 오신 날'이란 축하 아치 아래 '전두환을 찢어 죽이자'라고 붉게 쓴 현수막이 눈에 들어왔다. 곁에 가니 사람들의 함성이 귀를 찢을 것만 같았다. 군인들은 멀리 있어서 볼 수도 없었다.

빽빽하게 거리를 메운 사람들이 노래도 부르고, 구호도 외쳤다. 무서우면서도 시민들이 그렇게 많이 모인 것을 보니 가슴이 벅차올랐다. 이렇게 많은 사람들이 들고 일어났으니 군인들도 곧 물러가지 않을까 싶었다. 아닌 게 아니라 군인들이 시민들한테 밀려서 협상 중이라고 했다. 도지사가 12시까지 군대가 후퇴하겠다고 말했는데, 12시가 지났는데도 그대로 있어 항의 중이라고도 했다.

인호는 조심스레 길 가장자리 쪽 대열에 합류했다. 구호도 따라 외치고, '우리의 소원은 통일' 같은 노래도 따라 불렀다. 알 수 없는 힘이 마음 깊은 곳에서 솟아났다. 그러다 갑자기, 그날 교회 갔다오던 사람들을 군인이 몽둥이로 패던 장면이 생각났다. 덜컥 겁이 났다. 얼른 자리를 피해야 했다. 순미를 만나러 가야 했다. 자기한테는 불쌍한 어머니와 아직 어린 동생이 있었다. 그런데도 쉽게 떠날 수가 없었다. 사람들 속에 있으니 벅찬 마음도 솟아났고, 몽둥이를 휘두르던 그 군인에 대한 증오심도 더 격렬하게 치솟았다. 쓰러졌던 사람들에 대해 미안했던 마음을 조금이라도 갚고 싶기도 했다. 이렇게 사람들이 많은데 어쩔 것인가, 든든하기도 했다.

시위 군중에 섞여 차마 떠나지 못하고 있었지만 인호는 순미한테 가야 한다는 생각만은 잊지 않고 있었다. 저 짐승 같은 인간들을 상대로 시민들이 이렇게 몸 던져 외치는데 잠시라도 힘을 보태고 싶을 뿐이었다.

"살인마 전두환을 처단하라!"

"연행자를 석방하라!"

"계엄군은 당장 철수하라!"

인호도 사람들 사이에 섞여 목이 터져라 소리를 질렀다.

문득 시계를 보니 1시가 다 되었다. 약속에 맞추려면 가야 할 시간이었다. 멀어서 잘 알 수는 없었지만 대열 앞쪽에서는 충돌도 있어 보였다. 인호는 대열을 빠져나왔다.

바로 그 순간, 도청에서 애국가가 울려 퍼지기 시작했다. 뒤돌아보니 그 와중에도 국기에 대한 경례를 하기 위해 가슴에 손을 얹는 사람들이 보였다. 그 모습을 보고 인호가 피식 웃는데, 거의 동시에 총소리가 천지를 울렸다. 고막이 터질 것만 같았다. 총소리였다. 최루탄 소리가 아니었다.

　그 많던 사람들이 삽시간에 흩어지는데, 총에 맞은 사람들이 여기저기서 피를 흘리며 픽픽 쓰러졌다. 금남로는 순식간에 핏물로 뒤덮였다.

　인호는 대열에서 먼저 빠져나왔던 터라 재빨리 도망쳐 건물들 사이의 좁은 틈으로 숨었다. 숨이 잘 쉬어지지 않았다. 이 상황이 믿어지지 않았다. 악몽 속에서 도망치는 것만 같았다.

　탕 타당 탕 타다당!

　총소리는 계속 울렸고, 사람들의 비명 소리도 허공을 갈랐다.

　몸을 숨긴 채 거리를 바라보니 총을 맞고 쓰러진 사람들의 몸에서 핏물이 시뻘

겋게 흐르고 있었다. 급히 달아나느라 벗겨졌는지 주인 없는 신발들이 지천으로 깔렸다. 총을 맞고 쓰러진 사람들 중에는 아직 살아서 꿈틀거리는 사람들도 있었다. 총알이 빗발처럼 쏟아지고 있는데도 쓰러진 사람에게 달려가는 사람들이 있었다. 하지만 그들 대부분도 총에 맞고 쓰러졌다.

　얼마나 시간이 흘렀는지 알 수 없었다. 잠시 총성이 멎었다.
　그때 저 멀리 도로 위에서 꿈틀거리는 한 사람이 인호의 눈에 들어왔다. 한 무더기로 쓰러진 사람들은 다 죽었는지 움직임이 없는데, 오직 그 사람 혼자만이 움직이고 있었다. 그는 다리를 맞았는지 이미 절반이 사라진 한쪽 다리를 끌고, 피를 철철 흘리면서도 앞으로 기어가려고 애쓰고 있었다. 얼굴은 볼 수 없었지만 황토색 점퍼와 청바지, 남색 작업화, 핏물 속에 벗겨진 검은 뿔테 안경까지 인호가 너무도 잘 아는 모습이었다. 바로 홍장인이었다!

총에 맞은 몸으로도 그는 어딘가를 향해 기어가려고 온 힘을 다하고 있었다. 인호는 그의 마음을 들여다본 듯 알 수 있었다. 그는 아내와 아들에게로 가고 있었다!

인호의 머릿속으로 언젠가 그랬듯이 한 번도 보지 못한 그의 아내와 아들이 떠올랐다. 다가가 그들을 안으며 활짝 웃는 홍장인의 모습도 생생하게 그려졌다. 그는

지금 그들에게로 가고 있었다. 그는 그들
에게로 반드시 돌아가야 할 사람이었다.

"아저씨!"

인호는 미친 듯이 그를 향해 달려갔다.

탕! 탕! 탕!

위쪽에서 총알이 연속하여 날아왔다.
건물 꼭대기에 숨어 있던 저격병들의 짓
이었다.

썰물처럼 사람들이 빠져나가고 시체들
만 남은 거리에서 움직이는 두 사람은 조
준하기에 너무도 좋은 대상이었다.

예쁘게 단장한 순미가 손거울로 얼굴
을 들여다본다. 인호가 준 손거울이다. 은
방울꽃 자개 문양도 쓰다듬어 본다. 빛의
각도에 따라 오묘하게 변하는 은방울꽃
은 볼 때마다 마음을 설레게 한다.

순미는 오늘 새벽부터 일어나 몸을 씻
고, 가장 좋은 옷으로 갈아입고 화장까지
살짝 하고 오 여사가 일어나기 전에 집을
나왔다. 수예점에서 할 일이 있다고 걱정
하지 말란 메모만 남겨 놓았다. 단장하고

나가는 모습을 보면 오 여사가 꼬치꼬치 물을 터였다. 아니, 요새 같은 때, 어딜 가느냐고 못 나가게 붙잡을 게 뻔했다. 수예점은 19일부터 문을 닫았지만 순미는 오로지 오늘만을 기다렸다. 인호가 무슨 일이 있어도 올 거란 걸 알았으니까. 엊그제 오 여사가 신흥자개로 전화를 걸어 다들 무사한 것도 확인했으니까.

순미에게 오늘은 인호와 처음으로 데이트하는 날일 뿐이다. 난리가 나서 무서웠지만 그것조차 오늘의 기쁨을 막지는 못한다. 수예점에서 얘기만 해도 얼마나 좋을 것인가. 순미는 직접 담근 유자차도 들고 나왔고, 샌드위치도 만들어 왔다. 아무 데도 안 가도 충분했다.

며칠 만에 문을 열고 들어간 수예점이
라 순미는 청소도 새로 한다.

　청소를 다 하고 의자에 앉은 순미는 수
틀을 꺼내려다 책을 꺼낸다. 가져오기로
약속했던『어린 왕자』이다. 슬쩍 펼쳐 보
니 밑줄 친 부분이 눈에 들어온다. 여우
가 어린 왕자한테 해 준 말이다. 너한테
그 장미가 그렇게 소중한 건 네가 그 장
미를 위해 바친 시간 때문이라는 말.

　순미는 주머니에서 다시 손거울을 꺼낸
다. 자개 일은 시간이 많이 걸리는 힘든
일이라고 했다. 인호 씨는 이걸 만들려고
시간을 많이 바쳤지. 나를 위해 바친 시
간이야. 그러니 나는 그 사람한테 소중해.
나한테 그 사람이 소중한 것처럼.

　마음속으로 따뜻한 물이 흐르는 기분

이 든다.

　순미는 수틀을 꺼낸다. 인호가 손거울에 붙여 준 은방울꽃 그림대로 수를 놓아 작은 액자에 넣어 선물할 생각이다. 미대 다니는 오 여사의 딸 인영 언니한테 손거울을 보여 주며 똑같이, 더 크게만 그려 달라고 졸랐다. 언니는 정말 똑같이 그려 주었다. 두 그림을 같이 놓고 보면 엄마 꽃, 아기 꽃처럼 보인다. 아니, 인호 꽃, 순미 꽃, 하고 말해 보다가 순미는 또 혼자 배시시 웃는다. 그 그림을 먹지 위에 놓고 따라 그려 흰 천에 옮겨 놓았다. 오늘 그가 올 때까지 이 수를 다 놓을 작정이다. 이 은방울꽃을 수놓아 자기를 보듯이 봐 달라는 뜻으로 줄 것이다. 자기 사진을 주기는 아직 부끄러우니까.

한참 수를 놓다 시계를 본다.

두 시가 되려면 까마득하다. 시간이 왜 이리 더디 갈까?

멀리서 큰 소리가 들린다. 내내 들어 온 최루탄 소리보다 훨씬 더 요란하다. 혹시 총소리일까? 설마, 전쟁이 난 것도 아닌데 총을 쏠 리는 없지. 이 난리는 언제까지 갈까? 사람들이 또 죽고 있는 건 아닐까?

그러나 그런 걱정도 곧 인호와 만날 두근거림을 막지는 못한다.

인호는 올 것이다. 온다고 했으니까. 그는 약속을 꼭 지킨다고 하지 않았나?

그 말을 순미는 한 번도 의심하지 않았다. 그런 얼굴로 한 약속은 하늘도 도와

줄 테니까.

　수틀에 끼워 놓은 하얀 천 위에 조롱조롱 어여쁜 은방울꽃 꽃송이들이 색실로 피어난다. 흰 천 위에 하얀 꽃들이 잘 안 보일까 봐 꽃송이마다 분홍색도 조금씩 섞는다. 그렇게 하니 자개로 만든 은방울꽃처럼 보인다. 빛의 각도에 따라 여러 빛깔로 영롱히 빛나는 자개 꽃.
　이제는 푸른 잎줄기를 수놓을 차례다. 인호가 들어올 때 우아하게 수놓는 모습을 보이고 싶다. 그런 생각을 하며 순미는 앉은 자세도 바로잡는다. 그러는 자기 모습이 웃겨서 또 혼자, 미친 지지배, 하고 스스로를 놀린다. 그래도 들뜬 기분은 어쩔 수 없다.

순미의 입에서 저절로 유행가 가락이
흘러나온다.

그대는 오시는가, 어디쯤 오시는가
그대 걸어오면 나는 달려가 맞으리

그날 인호는 약속을 지키지 못했다.

다음 날인 22일, 그는 목에 총을 맞은

시신으로 금남로 거리에서 발견되었다.

5.18광주민주화운동 해설

5.18 광주 민주화운동(5.18 민주화 운동, 광주민중항쟁)은 1980년 5월 18일부터 5월 28일까지 광주를 중심으로 신군부 세력의 퇴진과 계엄령 철폐, 조속한 민주 정부 수립 등을 요구하며 전개한 민주화 운동이다.

1979년 10월 26일, 박정희 대통령이 김재규 중앙정보부장의 총에 맞아 사망했다. 18년간 이어져 온 유신독재체제가 막을 내린 순간이었다. 이제 국민들은 대통령을 직접 선출하기를 원했고 여야 정치인들도 개헌을 통한 대통령 직선제 마련에 합의했다. 모든 것이 불확실하고 혼란스러웠지만 민주주의에 대한 열망으로 가득하던 시기였다. 문제는 같은 시기 12.12 군사반란을 일으킨 전두환과 하나회 중심의 신군부가 장기집권을 꾀하고 있었다는 점이다. 신군부가 국내 정보기관과 언론을 장악하고 정치 관여 의도를 노골적으로 드러내는 동안 이듬해 봄이 되었다. 3월 개강과 동시에 학원 민주화를 외치며 일어난 대학생 시위는 5월에 이르러 전국적인 규모로 커졌다. 5월 15일 서울역 인근에는 10만여 명의 학생과 시민들이 모여 '계엄철폐'를 요구했는데 금방이라도 공수부대가 투입된다는 소문이 돌면서 긴장이 고조되기도 하였다. 유혈사태를 우려한 지도부가 해산을 결정한 뒤, 5월 17

일 0시를 기해 비상계엄이 전국으로 확대되었다. 곧바로 국회가 봉쇄되었으며, 김대중을 비롯한 정치인들이 연행되고 학생과 교수, 재야인사 2,600여 명이 체포되었다. 이로써 약하게나마 민주화의 희망이 존재했던 '서울의 봄'이 끝났다.

5월 18일, 광주에서는 정치활동 금지, 휴교, 언론 보도검열 강화 등을 포함한 계엄 포고령 10호에도 불구하고 전남대학교 학생들이 전두환 퇴진과 비상계엄 해제, 김대중 석방 등의 구호를 외치며 시위를 이어 갔다. 이들의 시위는 전국 규모로 민중항쟁이 일어난다면 제아무리 군권을 장악한 전두환과 신군부라고 해도 어쩔 수 없으리라는 기대와 민주화에 대한 강렬한 열망으로 일어난 것이었다. 그러나 신군부는 진작부터 진압병력 투입과

강경진압을 기획하고 있는 상태였다. 당일 16시, 광주 시내에 공수부대가 투입되어 대학생뿐 아니라 시위에 참여하지 않은 무고한 시민들까지 무차별 폭행하기 시작했다. 스스로 변호할 수 없는 청각장애인 김경철 씨가 공수부대의 구타로 인해 목숨을 잃은 것도 이때였다. 계엄군에게 희생된 최초 사망자였다. 광주 시민들은 군인이 민간인에게 폭력을 휘두르는 사태에 충격을 받고 분노했으며, 곧바로 다음 날부터 10대 청소년부터 중장년층까지 거리로 쏟아져 나와 시위에 동참했다. 20일에는 시위대가 20만 명 이상으로 불어났고, 이들 시위를 '불순분자와 폭도들의 난동'으로 보도한 광주 MBC가 불에 탔다.

　계엄군의 강경진압은 시간이 갈수록 더해져 20일 24시 광주역 앞에서 최초의 발포가 일어났다. 21일 13시경에는 옛 전남도청을 장악하고 있던 계엄군이 애국가가 울려퍼지자마자 금남로를 가득 메운 시위대를 향해 집단발포를 시작했다. 공수부대원들이 전일빌딩 등 높은 건물에 올라가 조준사격을 함으로써 수많은 사상자가 발생했다. 이날 광주 시내 병원에는 끝도 없이 사상자들이 몰려들었고, 헌혈을 하러 나온 시민들이 줄을 서 있다가 헬기에서 쏜 총을 맞기도 하였다. 당일 오후부터 광주 시민들은 계엄군에 맞서기 위해 시민군을 조직하고 전라남도 나주, 화순 등 경찰서와 파출소의 무기고를 열어 무장에 나섰다. 그리고 계엄군이 광주 외곽으로 물러나자 시민군이 전남도청을 점령할 수 있었다. 이날, 계엄사령관 이희성은 담화문을 통해 광주 지역의 시위를 폭도들이 일으킨 '광주 사태'로

명령해 다른 지역들로부터 고립시켰으며 전국 각지에는 광주와 관련한 온갖 유언비어가 확산되었다. 실제로는 광주 외곽으로 빠져나간 계엄군이 주남마을 미니버스 총격사건, 송암동 학살 사건을 비롯한 끔찍한 살상 행위를 저지르고 있었다.

22일 이후 광주는 계엄군에게 봉쇄된 채 철저히 고립되었다. 광주에서는 시민군이 치안과 방위를 담당하였는데 자체적으로 무기를 회수하였고, 대표를 뽑아 계엄군과 협상에 나서는 한편 아침부터 저녁까지 시민들의 평화 시위가 계속되었다. 광주 시민들은 애국가를 부르고 "김일성은 오판 말라!"는 구호를 외치기도 하였다. 27일까지 이어진 시민 자치 기간 동안 광주에서는 단 한 건의 약탈이나 큰 사건사고도 없었고, 부상자를 위한 헌혈 행렬

이 이어지는 등 높은 시민정신이 발휘되었다. 전남도청의 공무원이 정상출근을 해 부상자 처리 등 행정업무를 보기도 했다. 일종의 재난 유토피아가 펼쳐진 이 기간을 '해방광주' '광주해방구'라고 부른다.

그러나 5월 27일 새벽 2시 25,000명의 계엄군이 광주 시내 진입을 시작하면서 광주 시내에는 "계엄군이 쳐들어옵니다. 시민 여러분, 우리를 도와주십시오."라는 가두 방송이 울려퍼졌다. 새벽 4시경, 계엄군이 전남도청을 향해 사격을 시작했다. 무려 1만여 발의 총알이 발사되었으며 이로 인해 끝까지 저항하던 시민군들이 목숨을 잃었다. 도청에 남아 있던 시민군들은 자진투항파와 결사항쟁파로 나뉘어 끝내 의견 일치를 보지 못하다가 날이 밝자 들이닥친 계엄군에 의해 체포, 연행되었다. 이로써 열흘간의 항쟁이 끝났다. 5.18 광주민주화운동으로 목숨을 잃거나 다친 사람은 사망자 163명, 행방불명자 166명, 부상 뒤 사망한 사람 101명, 부상자 3,139명, 구속 및 구금 등 기타 피해자 1,589명, 연고가 확인되지 않아 묘비명도 없이 묻힌 희생자 5명 등 총 5,189명이다. 민간인 사망자 가운데 14세 이하 어린이는 8명에 달한다.

  광주민주화운동은 이후 1980년대 민주화 운동에 핵심적인 영향을 미쳤다. 신군부의 반민주성과 야만성을 전세계에 폭로함으로써 군사독재체제의 입지를 약화시켰으며, 민주주의를 향한 시민과 민중의 의지와 저항 정신을 보여 줌으로써 1987년 6월 항쟁의 중요한 기폭제가 되었던 것이다. 『소년이 온다』에서 광주민주화운동을 이야기한 노벨문학상 수상작가 한강은 광주가 "인간의 잔혹성과 존엄함이 극한의 형태로 동시에 존재했던 시공간"이라 며 시간과 공간을 건너 계속해서 우리에게 되돌아오는 현재형이라고 말하기도 하였다. 실제로 2024년 12.3 내란 당시 군인들을 막기 위해 국회로 몰려간 시민들 중 다수는 광주의 교훈을 잊지 않은 이들이었다. 1995년 5.18특별법이 제정되었으며, 2011년 유네스코에서 5.18 기록물을 세계기록유산으로 등재하였다. 유네스코는 광주민주화운동이 필리핀, 타이, 중국, 베트남 등 아시아의 여러 민주화운동에도 영향을 끼쳤다고 평가한다. 그러나 아직까지도 최초 발포를 명령한 자가 누구인지, 암매장이 얼마나 이루어졌으며 장소는 어디인지 등 밝혀지지 않은 내용이 많다.

'광주 연작'에 부치는 글

‘5.18광주민주화운동’에서 희생된 청소년들에 대해 이렇게 연작소설로 계속 쓰게 된 계기는 2011년 5월로 거슬러 올라갑니다.

그때 저는 서울 연희동에 있는 ‘연희문학창작촌’에 머무르고 있었습니다. 그곳은 서울문화재단에서 운영하는 문화예술공간으로 작가들의 창작 공간이기도 합니다. 그런데 연희문학창작촌은 5.18의 장본인인 전두환의 집과 붙어 있습니다. 바로 옆집입니다. 원래 전두환 경호를 위한 공간이었던 그곳이 민주화가 되면서 시사편찬위원회로 사용되다가 작가들의 집필 공간으로 바뀌었기 때문입니다.

그런 사실을 알고 들어갔으면서도 기분이 이상했습니다. 창을 열 때마다 경호원들이 묵는 건물이 보였는데 그 너머 전두환이 살고 있다고 생각하면 기이한 느낌마저 들었습니다. 그로부터 10년 뒤에 그는 세상을 떠났지만 그때만 해도 팔팔하게 노익장을 과시하던 때였으니 그런 느낌은 더했습니다. 그 잔인한 학살을 일으킨 사람이 저기서 아무 일도 없었던 듯 잘만 살고 있고, 저는 그걸 옆집에서 바라보고 있다는 사실이 가상 현실처럼 실감 나지 않았습니다. 그 뒤로도 몇 번 더 그곳에 입주했지만 처음 그곳에 들어갔을 때의 그 비현실적이던 느낌만은 결코 잊혀지지 않습니다.

80년대를 보낸 많은 사람들이 그러했듯 저에게 5.18은 인생을 뒤흔든 일이었고, 작가가 된 뒤로는 마음속의 무거운 숙제처럼 품고 있는 일이기도 했습니다.

제가 스무 살 때 5.18이 일어났습니다. 저는 서울에서 대학을 다니고 있었지요. 박정희가 시해된 후 세상은 격동을 겪고 있었습니다. 부분적인 계엄령이 내려져 있었지만 그동안의 압제에서 풀려난 국민들은 여기저기서 억눌린 요구들을 내세우기 시작했고, 전두환의 세력을 알아챈 학생들은 계엄 해제와 전두환 체포를 요구하는 시위를 날마다 하고 있었지요. 나중에 '서울의 봄'이라고 불리는 역동적인 시기였습니다.

저는 박정희가 '유신헌법을 휘두르는 비민

주적 독재자'라는 정도의 상식만을 지니고 있던 평범한 대학생이었지만 그때는 저 같은 사람들도 가만히 있을 수 없는 시국이었습니다. 그런 까닭에 5월 15일 서울역 집회에는 서울의 거의 모든 대학들이 참여했습니다. 이문동에 있던 외국어대학에서 서울역까지 걸어서 행진을 했던 기억이 떠오릅니다. 평소의 비장한 시위 모습과는 달리 하이힐에 짧은 치마를 입은 여학생들까지 함께 걸어가는 활기찬 분위기였지요. 길가의 시민들도 학생들의 대열에 박수를 쳐 주었고, 우리들의 패기는 하늘을 찔렀습니다.

서울역에 도착했을 때는 어마어마한 인파를 보며 벅찬 감동을 느꼈습니다. 하지만 곧 최루탄이 쏟아지고, 우리는 쫓겨 가며 근처의 건물에 숨었다가 다시 모이는 일을 되풀

이했습니다. 그러다 훗날 '서울역 회군'으로 불리는 학생 지도부의 해산 결정으로 학생들은 흩어졌고, 이틀 뒤인 5월 17일 밤 전두환은 계엄을 확대하고, 정치지도자들과 학생운동의 지도자들을 다 잡아 가두었습니다. 학교 앞에는 장갑차와 무장한 군인들이 나타났지요. 이럴 경우에 대비하여 학생들은 각각의 대학 정문 앞에서 모이기로 했지만 그 약속은 지켜지지 못했습니다. 오직 광주의 전남대 학생들만이 약속을 지켜 5월 18일 아침에 학교 앞으로 모였습니다. 그 평화로운 시위를 계엄군들은 무자비하게 진압했으며, 시위와 상관없는 시민들까지 폭행했습니다. 그렇게 5.18이 시작되었습니다.

 방송에서는 연일 광주에 간첩이 들어와 난

동을 피운다며 광주 시민들을 폭도로 몰았습니다. 뉴스에서 그렇게 나오니 다른 지역 사람들은 대부분 그렇게 믿었지요. 우리가 얼마 전 계엄을 겪었을 때는 순식간에 그 사실이 알려지고 퍼져서 결국 6시간 만에 그것을 막아 내지 않았습니까? 그때는 전혀 다른 상황이었습니다.

다행히 저는 광주가 고향인 친구들을 통해 방송과는 다른 사실들을 먼저 알 수 있었습니다. 친구들의 하숙집으로 걸려 온 부모님의 전화 내용은, 광주에 난리가 났고, 군인들이 사람을 다 죽이고 있으니 절대로 내려오지 말란 얘기였습니다. 며칠 뒤 광주는 모든 길이 막히고, 시외전화조차 끊기고 말아 친구들은 식구들을 걱정하며 발만 동동 굴렀습니다.

무시무시한 일이었습니다. 나중에 위험을

무릅쓰고 비밀리에 돌려 보던 광주 비디오를 통해 그 살상과 만행의 현장을 눈으로 봤을 때는 온몸이 떨릴 만큼 큰 충격을 받았지요.

결국 광주의 학살에 대한 분노와 죄책감으로 저는 제 인생을 틀게 됩니다. 이 사회와 정치에 대한 공부를 시작했고, 민주화를 위해 조금이라도 힘을 보태며 살기로 결심하여 그 전까지 품고 있던 꿈을 다 버렸습니다. 거창하게 그런 결심을 했지만 그 뒤 달라진 삶으로도 평범한 제가 해낸 일은 지극히 미미합니다. 그럼에도 바로 저 같은 사람들이 셀 수 없이 많았다는 점이 중요했습니다. 머릿수라도 하나 보태겠다는 뜻을 가진 사람들의 작은 힘들이 모여 기어코 우리는 역사를 바꿔냈으니까요.

이렇듯 저에게 큰 영향을 주었던 5.18이기에 훗날 돌고 돌아 글 쓰는 사람이 된 이후로도 '광주'는 제 마음 깊숙한 곳에서 떠나지 않았습니다. 언젠가는 써야 할 이야기라고 생각했지만 그것은 감히 오를 생각조차 못 할 거대한 산맥이기도 했습니다. 함부로 써서는 안 되는 얘기인 데다 제대로 잘 쓰지 않으면 안 된다는 두려움으로 멀리 밀어 놓고만 있었지요.

그런데 '광주민주화운동'이 일어난 지 31년이 지난 2011년에, 그것도 5월에, 바로 전두환이 사는 집 옆에 제가 머물게 된 것입니다. 지금 내가 이 자리에서 이런 일을 겪는 의미는 무엇일까, 하는 생각이 내내 저를 사로잡았습니다. 마침 5월이라 여러 가지 5.18 기념

행사들이 열려서 참가도 하고, 가까운 극장에
가서 '5월愛'라는 다큐를 보기도 했습니다.
그리고 돌아와 옆집을 바라보며 그 안에 사
는 사람을 떠올리면 머리가 어지러웠습니다.

　그러다 우연히 신문 귀퉁이에 조그맣게 실
린 책 소개 기사를 보게 되었습니다. '5.18기
념재단'에서 5.18 희생자 유족들을 인터뷰하
여 그때 죽어 간 사람들의 사연을 모아 출간
한『그해 오월 나는 살고 싶었다』*라는 책에
대한 기사였습니다. 저는 그 책을 당장 주문
했습니다. 언제 쓰게 될지는 몰라도 지금 여
기서, 이 책이라도 사 두어야겠다고 생각했지
요. 그렇게 숙제처럼 그 시간에 대한 의미를
가슴에 품은 채 그 책을 받아 안고 그곳을 나

---

* 5.18민주유공자유족회 구술/5.18기념재단 엮음,『그
　해 오월 나는 살고 싶었다-죽음으로 쓴 5.18민중항쟁
　증언록』, 한얼미디어, 2006

왔습니다.

  그런 뒤 두어 달 후인 그해 10월에 저는 청
소년소설 앤솔로지 책에 참여해 달라는 청탁
을 받게 되는데 놀랍게도 출판사에서 제안한
주제 중에 5.18이 있었습니다. 그때까지 선
택사항 중의 하나로도 5.18 청탁은 받아 본
적이 없었기에 저에게는 그 시점의 그 청탁
이 놀라웠습니다. 다른 때 같았으면, 이건 아
직 내가 못 쓰는 이야기라고 가장 먼저 제쳐
놓았을 텐데, 그런 시간을 겪은 뒤라 그 일이
우연처럼 여겨지지 않았지요. 저는 쓸 자신이
전혀 없었는데도 그 주제를 택하지 않을 수
없었습니다.

  일단 청소년 희생자의 이야기를 써야겠다
고 정하고, 그제야 창작촌에서 안고 나온 책

을 열었습니다. 그렇게 어린 희생자들의 사연 하나하나를 읽어 나가다 보니, 다시금 분노와 슬픔이 치밀어 견디기가 힘들었습니다. 이미 30여 년 전의 이야기라 그때의 감정들이 거의 희미해졌다고 여겼는데 다시금 몸서리가 쳐지도록 분노가 치밀고, 뼈가 시리도록 슬펐습니다. 어떻게 이랬을까, 어떻게 세뇌당했기에 이렇게 잔인할 수 있었을까, 특히나 어린 친구들의 이야기를 읽다 보니 더욱 그러한 분노와 의문이 치솟았지요. 그럼에도 '제대로 잘 써야 한다'는 막중한 부담감으로 글이 나가지 않았습니다. 왜 쓰겠다고 했던가, 얼마나 후회했는지 모릅니다. '어린 나이에 억울하게 죽음을 당한 이의 이름 한 번 더 불러 볼 수 있는 글이면 된다'고 생각을 바꾸고서야 글이 나가기 시작했습니다.

그렇게 저는 박기현 군의 이야기를 담은, 이 시리즈의 첫 소설인 「명령」을 썼고, 언젠가 다른 어린 친구들의 죽음에 대해서도 한 편 한 편 호명하듯이 연작소설로 써야겠다고 마음먹게 되었습니다. 그러나 그 후 십여 년의 세월이 흐를 동안 저는 그 뒤를 잇는 다른 희생자에 대한 소설을 쓰지 못했습니다. 감정이란 건 시간이 지나면 희미해져서 치떨리던 분노와 슬픔도 다시 바래져 갔습니다. 연작소설이라니, 이렇게 나이 많은 내가 언제 그런 걸 써내겠나, 하는 생각으로 거의 포기에 이르렀지요. 그러다 최근에야 한 번에 다 쓰지는 못하더라도 한 편씩 찬찬히 써서 책을 내야겠다고 결심하게 된 것입니다.

앞으로 써 나갈 이 연작소설의 이야기들은 모두 실제로 희생된 인물의 사연에서 시작합니다. 저는 그분들을 조금이라도 살려 내고, 그분들의 넋을 조금이라도 위로해 드리고 싶습니다. 그럼에도 저는 오직 『그해 오월 나는 살고 싶었다』에 실린 인터뷰만을 참조할 뿐 그분들에 대해 더 알아보진 않을 것입니다. 5.18에 대한 자료는 최대한 찾아보고 조사하겠지만 그분들의 개인적 삶에 대해서는 다른 어떤 취재도 하지 않았고, 하지 않을 것입니다. 제가 정말로 그분들을 제대로 살려 내고 싶다면 유족들도 찾아보고, 더 많은 조사를 해야 할 텐데 저는 그렇게 하지 않는 것입니다. 그것은 이 글들이, 실제로 존재했던 한 분 한 분의 삶과 죽음에서 모티프를 가져오기는 하지만 그 한 분만의 이야기가 아니기를 바라기 때문입니다. 그 자리에 있었다면 누구든 당할 수 있는 일일 테니까요. 또한 글

속에서는 자유롭게 인물의 삶을 그려 내고 싶기 때문입니다.

그러니까 이 연작소설은 모두 실존 인물을 모델로 하고, 특히 죽음을 당할 때의 모습은 밝혀진 경우 가능한 사실에 맞추겠지만 인터뷰에 나온 사실 외의 모든 삶의 과정과 인물들은 전부 제 상상에서 나온 허구가 될 것입니다. 그러니 실존 인물과 허구의 인물을 동일시하여 생기는 오해가 없기를 바랍니다. 실존 인물의 이름에서 한 글자씩만을 바꿔서 주인공의 이름으로 삼은 것이야말로 저의 그런 의도를 보여 주는 상징일 것입니다.

또한 저는 광주를 먼 옛날의 이야기처럼 생각하는 지금의 청소년들에게 그 끔찍한 역사를 다시금 알려 주고도 싶었습니다. 절대로 잊어서는 안 되는 이야기니까요.

이제 바로 눈앞에서 다시 '계엄'을 겪었으니 이 일이 더 이상 옛날이야기도 아니게 되었지만 말입니다. 저도 제 평생 다시 계엄을 겪으리라곤 꿈에도 생각하지 못했습니다. 그럼에도 그동안 첫 소설인『명령』으로 북 콘서트를 할 때마다 저는 '5.18 같은 일이 우리 역사에 다시 일어날 수 있을까?'란 질문에 매번 '우리가 이 일을 잊는다면 그럴 수 있다'고 대답해 왔습니다.

우리는 잊지 않았기에 '계엄'은 일어났어도 제2의 5.18은 막을 수 있었습니다. 이 연작소설이 우리의 기억을 계속 환기시키는 데 조금이라도 도움이 되기를 바랍니다.

이 광주 연작 시리즈에서 저는 광주에서 죽임을 당한 청소년들을 한 사람도 빠지 않고 그려 내고 싶었습니다만 고등학생까지 세어 보니 너무 많은 어린 친구들이 목숨을 잃어 제 능력상 그렇게 할 수는 없다는 걸 알았습니다. 그 점은 참으로 아쉽습니다. 앞으로의 일이니 장담은 못해도 7,8편의 이야기를 담게 될 듯싶습니다.

이 시리즈를 써 가게 된 모든 과정에 감사를 드립니다. 특히『그해 오월 나는 살고 싶었다』를 만들어 주신 분들께 감사드립니다. 인터뷰에 응해 주신 분들, 인터뷰하고 글로 정리해 주신 모든 분들께요. 이 책이 없었다면 이 소설들은 쓸 생각도 못 했을 것입니다. 맨 처음 저에게 5.18 소설을 청탁해 주시고, 책을 내 주신 북멘토출판사와 그때의 식구분들께도 감사를 드립니다. 그 뒤 제 소설집에 그 글을 담아 주시고, 다시 연작소설 제

안을 흔쾌히 받아들여 주신 바람의아이들의 모든 식구분들께도 감사를 드립니다. 이 연작 소설의 계기를 만들어 주신 연희문학창작촌 과 이 이야기를 집필할 공간을 제공해 주신 토지문화관에도 깊은 감사를 드립니다.

  마지막으로, 앞에서 소설 속의 인물들은 실 존 인물이 아니라고 누누이 강조했으면서도 저는 다시금 사연의 주인공들을 한 분 한 분 호명하며 소개하고 싶습니다. 그래서 그분들 에 대해 매번 '작가의 말'에서 세세한 인적 사 항을 밝힐 것입니다. 글을 읽는 분들이 허구 에서 사실로 돌아와 원래의 실존 인물을 기 억하고 그 이름을 불러 주고, 기억해 주기를 바라기 때문입니다.

  인적 사항은 모두 『그해 오월 나는 살고 싶

었다』에서 옮겨 온 것임을 아울러 밝힙니다. 묘지 번호까지 붙이니 혹여 '국립5.18민주묘지'에 가실 일이 있다면 들러서 인사라도 나눠 주시기를 부탁드립니다. 여러분들과 비슷한 나이에 삶이 멈춰진 어린 친구들입니다. 또래인 여러분을 만나면 얼마나 반가워할지 눈에 선합니다. 어쩌면 이것이야말로 제가 이 시리즈를 시작하는 가장 간절한 이유인지도 모르겠습니다.

2025년 4월 5일
계엄령을 내린 대통령이 파면된 다음 날에
이경혜

작가의 말

광주 연작은 원래 '5.18광주민주화운동'에서 희생된 어린 친구들 중에서 중학생까지만 다룰 생각이었습니다. 고등학생까지 다루면 그 숫자가 너무 많아서 제가 도저히 할 수 없기 때문이었지요. 그래서 박인배 군의 사연은 오래전 짧은 글을 써 둔 적이 있음에도 소설로는 쓰지 않기로 하고 다른 사연을 두 번째 소설의 모델로 택했습니다. 저는 그분에 대해 글을 쓰기 위해 묘소도 찾아가고, 어떻게 이야기를 풀어 갈지도 내내 고민해서 큰 틀도 정했습니다. 그런데 글이 너무 풀리질 않아서 이것저것 뒤지다가 오래전에 써 둔 박인배 군에 대한 그 글을 보게 되었습니다. 너무 답답하던 차라 그 글을 가지고 이야기를 시작해 보았는데 글이 술술 풀려 나가는 게 아니겠어요? 그래서 원래 세웠던 원칙을 무너뜨리고 열여덟 살이었던 박인배 군의 이야기를 쓰게 된 것입니다. 아마도 이 소설에 나오는 인호 군은 연작 중에서 가장 나이가 많은 주인공이 될 것입니다.

박인배 군은 '가난에는 치를 떨었던' 소년이었습니다. 가난 때문에 부모님이 헤어져 어릴 때부터 친척집을 오가며 외롭게 자랐기 때문입니다. 그래서 고생하는 어머니를 위해 돈을 벌려고 책가방을 수채구멍에 던져 넣고 학교를 그만두었지요. '있을 수 없는 일이라며 외삼촌께 갖은 야단을 들었지만' 인배 군은 서울로 올라가 자개 기술을 배웠고, 다시 광주로 내려와 가정집 농 공장에서 자개공으로 일하고 있었습니다. 공장에서 먹고 자며, 토요일마다 집에 가서 어머니를 만나고, 일요일이면 다시 공장으로 돌아가는 생활이었습니다. 일요일인 5월 18일(이 책에는 '5월 17일은 일요일이었다'로 나와 있지만 증언자인 어머니의 착오로 여겨집니다)에도 다른 때처럼 어머니와 주말을 보낸 뒤 공장으로 돌아갔는데, 첫 월급날인 5월 24일을 사흘 앞둔 21일에 금남로에서 사망한 시신으로 발견되었습니다. 이 글 속에서 이름 한 글자가 바뀐 채 나오는 박인호의 모델인 박인배 군의 사연은 이것이 전부입니다.

박인배 군의 사연은 살아서도 쓰라렸던 그

의 삶 때문에 더욱 마음이 끌렸습니다. 가난을
벗어나려고 몸부림치다가 간신히 자개공이 되
어 이제 숨 좀 돌리려는 때, 첫 월급조차 받지
못한 채 죽임을 당한 그의 삶이 아프고도 아팠
습니다.

그래서 저도 모르게 박인호의 이야기에는
'한 소녀'가 나오게 된 것 같습니다. 저는 그
힘들고 삭막한 삶 속에 잠깐의 짧은 설렘이라
도 깃들기를 바랐습니다. 또한 소설 속에서 저
는 월급 날짜도 20일로 바꾸어 월급도 만져
볼 수 있게 하였습니다.

이번 소설에서는 아무 다른 생각을 하지 않
았습니다. 오직 박인배 군의 짧았던 삶에 한
순간의 윤기라도 더하고 싶었습니다. 반짝이
는 한 순간, 두근거리는 한 순간이라도 깃들게
하고 싶었습니다.

박인배 군의 삶에 대해서 더 이상 아는 바가 없고, 그의 죽음에 대해서도 사망 장소가 총격이 있었던 21일 금남로라는 것 말고는 모르기에 많은 것을 상상에 의지해야 했습니다. 그래서 특히 이 소설 속의 박인호는 실제의 박인배 군의 삶을 많이 왜곡했을 수도 있습니다. 순미의 존재도 그렇지만 홍장인의 존재, 21일 사망 당시의 상황 등도 모두 제 상상이 만들어 낸 허구이기 때문입니다. 그럼에도 저는 소설 속에서라도 그가 설레는 순간을 가지고, 존경의 마음도 품으며, 자개의 세계에 즐겁게 매료된 삶을 보냈기를 바랐습니다. 제가 만들어 낸 순간들이 다른 누구보다도 박인배 군의 마음에 들기를 기도합니다.

박인배 군의 인적 사항은 다음과 같습니다.

이름 박인배

묘지번호 1-30

생년월일 1962년 9월 20일

직업 노동자(자개공)

사망일자 1980년 5월 21일

사망장소 금남로 한일은행 사거리

사망원인 총상(좌경부)

　지금 쓰는 작가의 말은 소설이 아니니, 쓰라린 가난 속에 열여덟 살의 나이로 총에 맞아 세상을 떠난 안타까운 박인배 군의 삶을, 박인호가 아닌, 박인배라는 이름 석 자를 사무치게 기억해 주시기를 마음 다해 부탁드립니다.

2025년 4월 8일

이경혜

그는 오지 않았다

초판 1쇄 발행 | 2025년 5월 18일

지은이 | 이경혜

펴낸이 | 최윤정

만든이 | 김민령 안의진 유수진

펴낸곳 | 바람의아이들

등록 | 2003년 7월 11일 (제312-2003-38호)

주소 | 03035 서울특별시 종로구 필운대로 116 (신교동) 5층

전화 | (02) 3142-0495   팩스 | (02) 3142-0494

이메일 | barambooks@daum.net

인스타그램 | @baramkids.kr

트위터 | @baramkids

제조국 | 한국

www.barambooks.net